大活字本

吾輩

ある　5

夏目漱石

ぺんでる舎
Silver
シルバー文庫

（抄前）

ところへ車の音ががらがらと門前に留ったたと思ったら、たちまち威勢のいい御帰りと云う声がした。主人は日本堤分署から戻ったと見える。車夫が差出す大きな風呂敷包を下女に受け取らして、主人は悠然と茶の間へ這入って来る。「やあ、来たね」と雪江さんに挨拶しながら、例の有名なる長火鉢の傍へ、ぽかりと手に携えた徳利様（よう）のものを抛り出した。徳利様と云うのは純然たる徳利では無論ない、と云って花活けとも思われない、ただ一種異様の陶器であるから、やむを得ずしばらくかように申したのである。

「妙な徳利ね、そんなものを警察から貰っていらしったの」と雪江さんが、倒れた奴を起しながら叔父さんに聞いて見る。叔父さんは、雪江さんの顔を見ながら、「どうだ、いい恰好だろう」と自慢する。

「いい恰好なの？　それが？　あんまりよかあないわ？　油壺なんか何で持っていらっしったの？」

「油壺なものか。そんな趣味のない事を云うから困る」

「じゃ、なあに？」

「花活さ」

「花活にしちゃ、口が小いさ過ぎて、いやに胴が張ってるわ」

「そこが面白いんだ。御前も無風流だな。まるで叔母さんと択ぶところなしだ。困ったものだな」と独りで油壺を取り上げて、障子の方へ向けて眺めている。

「どうせ無風流ですわ。油壺を警察から貰ってくるような真似は出来ないわ。ねえ叔母さん」叔母さんはそれどころではない、風呂敷包を解いて皿眼（さらまなこ）になって、盗難品を検（しら）べている。「おや驚ろいた。泥棒も進歩したのね。みんな、解いて洗い張をしてあるわ。ねえちょいと、あなた」

「誰が警察から油壺を貰ってくるものか。待っているのが退屈だから、あすこいらを散歩しているうちに掘り出して来たんだ。御前なんぞには分るまいがそれでも珍品だよ」

「珍品過ぎるわ。一体叔父さんはどこを散歩したの」

「どこって日本堤（にほんづつみ）界隈さ。吉原へも這入って見た。なかなか盛な所だ。あの鉄の門を観た事があるかい。ないだろう」

「だれが見るもんですか。吉原なんて賤業婦のいる所へ行く因縁がありませんわ。叔父さんは教師の身で、よくまあ、あんな所へ行かれたものねえ。本当に驚ろいてしまうわ。ねえ叔母さん、叔母さん」

「ええ、そうね。どうも品数が足りないようだ事。これでみんな戻ったんでしょうか」

「戻らんのは山の芋ばかりさ。元来九時に出頭しろと云いながら十一時まで待たせる法があるものか、これだから日本の警察はいかん」

「日本の警察がいけないって、吉原を散歩しちゃなおいけないわ。そんな事が知れると免職になってよ。ねえ叔母さん」

「ええ、なるでしょう。あなた、私の帯の片側がないんです。何だか足りないと思ったら」

「帯の片側くらいあきらめるさ。こっちは三時間も待たされて、大切の時間を半日潰してしまった」と日本服に着代えて平気に火鉢へもたれて油壺を眺めている。細君も仕方がないと諦めて、戻った品をそのまま戸棚へしまい込んで座に帰る。

「叔母さん、この油壺が珍品ですとさ。きたないじゃありませんか」

「それを吉原で買っていらしったの？　まあ」

「何がまあだ。分りもしない癖に」

「それでもそんな壺なら吉原へ行かなくっても、どこにだってあるじゃありませんか」

「ところがないんだよ。滅多に有る品ではないんだよ」

「叔父さんは随分石地蔵ね」

「また小供の癖に生意気を云う。どうもこの頃の女学生は口が悪るくっていかん。ちと女大学でも読むがいい」

「叔父さんは保険が嫌でしょう。女学生と保険とどっちが嫌なの？」

「保険は嫌ではない。あれは必要なものだ。未来の考のあるものは、誰でも這入る。女学生は無用の長物だ」

「無用の長物でもいい事よ。保険へ這入ってもいない癖に」

「来月から這入るつもりだ」

「きっと？」

「きっとだとも」

「およしなさいよ、保険なんか。それよりかその懸金で何か買った方がいいわ。ねえ、叔母さん」

叔母さんはにやにや笑っている。主人は真面目になって

「お前などは百も二百も生きる気だから、そんな呑気な事を云うのだが、もう少し理性が発達して見ろ、保険の必要を感ずるに至るのは当前だ。ぜひ来月から這入るんだ」

「そう、それじゃ仕方がない。だけどこないだのように蝙蝠傘を買って下さる御金があるなら、保険に這入る方がましかも知れないわ。ひとがいり

ませんいりませんと云うのを無理に買って下さるんですもの」

「そんなにいらなかったのか？」

「ええ、蝙蝠傘なんか欲しかないわ」

「そんなら還すがいい。ちょうどとん子が欲しがってるから、あれをこっちへ廻してやろう。今日持って来たか」

「あら、そりゃ、あんまりだわ。だって苛(ひど)いじゃありませんか、せっかく買って下すっておきながら、還せなんて」

「いらないと云うから、還せと云うのさ。ちっとも苛くはない」

「いらない事はいらないんですけれども、苛いわ」

「分らん事を言う奴だな。いらないと云うから還せと云うのに苛い事があるものか」

「だって」

「だって、どうしたんだ」

「だって苛いわ」

「愚だな、同じ事ばかり繰り返している」

「叔父さんだって同じ事ばかり繰り返しているじゃありませんか」

「御前が繰り返すから仕方がないさ。現にいらないと云ったじゃないか」

「そりゃ云いましたわ。いらない事はいらないんですけれども、還すのは厭ですもの」

「驚ろいたな。没分暁（わからずや）で強情なんだから仕方がない。御前の学校じゃ論理学を教えないのか」

「よくってよ、どうせ無教育なんですから、何とでもおっしゃい。人のものを還せだなんて、他人だってそんな不人情な事は云やしない。ちっと馬鹿竹の真似でもなさい」

「何の真似をしろ？」

「ちと正直に淡泊になさいと云うんです」

「お前は愚物の癖にやに強情だよ。それだから落第するんだ」

「落第したって叔父さんに学資は出して貰やしないわ」

雪江さんは言ここに至って感に堪えざるもののごとく、潸然（さんぜん）として一掬の涙を紫の袴の上に落した。主人は茫乎（ぼうこ）として、その涙がいかなる心理作用に起因するかを研究するもののごとく、袴の上と、俯つ向いた雪江さんの顔を見つめていた。ところへ御三が台所から赤い手を敷居越に揃えて「お客さまがいらっしゃいました」と云う。「誰が来たんだ」と主人が聞くと「学校の生徒さんでございます」と御三は雪江さんの泣顔を横目に睨めながら答えた。主人は客間へ出て行く。吾輩も種取り兼人間研究のため、主人に尾して忍びやかに椽へ廻った。人間を研究するには何か波瀾がある時を択ばないと一向結果が出て来ない。平生は大方の人が大方の人であるから、見ても聞いても張合のないくらい平凡である。しかしいざとなるとこの平凡が急に霊妙なる神秘的作用のためにむくむくと持ち上がって奇なもの、変なもの、妙なもの、異なもの、一と口に云えば吾輩猫共から見てすこぶる後学になるような事件が至るところに横風にあらわれてくる。雪江さんの紅涙のごときはまさしくその現象の一つである。かくのごとく不可思議、不可測の心を有している雪江さんも、細君と話をしているうちはさほどとも思わなかったが、主人が帰ってきて油壺を抛り出すやいなや、たちまち死竜に蒸汽喞筒（ポンプ）

を注ぎかけたるごとく、勃然（ぼつぜん）としてその深奥にして窺知（きち）すべからざる、巧妙なる、美妙なる、奇妙なる、霊妙なる、麗質を、惜気もなく発揚し了った。しかしてその麗質は天下の女性に共通なる麗質である。ただ惜しい事には容易にあらわれて来ない。否あらわれる事は二六時中間断なくあらわれているが、かくのごとく顕著に灼然炳乎（しゃくぜんへいこ）として遠慮なくはあらわれて来ない。幸にして主人のように吾輩の毛をややともすると逆さに撫でたがる旋毛（つむじ）曲りの奇特家がおったから、かかる狂言も拝見が出来たのであろう。主人のあとさえついてあるけば、どこへ行っても舞台の役者は吾知らず動くに相違ない。面白い男を旦那様に戴いて、短かい猫の命のうちにも、大分多くの経験が出来る。ありがたい事だ。今度のお客は何者であろう。

見ると年頃は十七八、雪江さんと追っつ、返（かっ）っつの書生である。大きな頭を地の隙いて見えるほど刈り込んで団子っ鼻を顔の真中にかためて、座敷の隅の方に控えている。別にこれと云う特徴もないが頭蓋骨だけはすこぶる大きい。青坊主に刈ってさえ、ああ大きく見えるのだから、主人のように長く延ばしたら定めし人目を惹く事だろう。こんな顔にかぎって学問はあまり出来ない者だとは、かねてより主人の持説である。事実はそうかも知れないがちょっと見るとナポレオンのようですこぶる偉観である。着物は通例の書生のごとく、薩摩絣か、久留米がすりかまた伊予絣か分らないが、ともかくも絣と名づけられたる袷を袖短かに着こなして、下には襯衣（シャツ）も襦袢もないようだ。素袷や素足は意気なものだそうだが、この男のは甚だむさ苦しい感じを与える。ことに畳の上に泥棒のような親指を歴然と三つまで印（いん）しているのは全く素足の責任に相違ない。彼は四つ目の足跡の上へちゃんと坐って、さも窮屈そうに畏しこまっている。一体かしこまるべきものがおとなしく控えるのは別段気にするにも及ばんが、毬栗（いがぐり）頭のつんつるてんの乱暴者が恐縮しているところは何となく不調和なものだ。途中で先生に逢ってさえ礼をしないのを自慢にするくらいの連中が、たとい三十分でも人並に坐るのは苦しいに違ない。ところを生れ得て恭謙（きょうけん）の君子、盛徳の長者であるかのごとく構えるのだから、当人の苦しいにかかわらず傍から見ると大分おかしいのである。教場もしくは運動場であんなに騒々しいものが、どうしてかように自己を箝束（かんそく）する力を具（そな）えているかと思うと、憐れにもあるが滑稽でもある。こうやって一人ずつ相対になると、いかに愚なる主人といえども生徒に対して幾分かの重みがあるように思われる。主人も定めし得意であろう。塵積って山をなすと云うから、微々たる一生徒も多勢が聚合（しゅうごう）すると侮るべからざる団体となって、排斥運動やストライキをしでかすかも知れない。これはちょうど臆病者が酒を飲んで大胆になるような現象であろう。衆を頼んで騒ぎ出すのは、人の気に酔っ払った結果、正気を取り落したるものと認めて差支えあるまい。それでなければかように恐れ入ると云わんよりむしろ悄然として、自ら襖に押し付けられているくらいな薩摩絣が、いかに老朽だと云って、苟（かりそ）めにも先生と名のつく主人を軽蔑しようがない。馬鹿に出来る訳がない。

　主人は座布団を押しやりながら、「さあお敷き」と云ったが毯栗先生はかたくなったまま「へえ」と云って動かない。鼻の先に剥げかかった更紗の座布団が「御乗んなさい」とも何とも云わずに着席している後ろに、生きた大頭がつくねんと着席しているのは妙なものだ。布団は乗るための布団で見詰めるために細君が勧工場から仕入れて来たのではない。布団にして敷かれずんば、布団はまさしくその名誉を毀損せられたるもので、これを勧めたる主人もまた幾分か顔が立たない事になる。主人の顔を潰してまで、布団と睨めくらをしている毬栗君は決して布団その物が嫌なのではない。実を云うと、正式に坐った事は祖父さんの法事の時のほかは生れてから滅多にないので、先っきからすでにしびれが切れかかって少々足の先は困難を訴えているのである。それにもかかわらず敷かない。布団が手持無沙汰に控えているにもかかわらず敷かない。主人がさあお敷きと云うのに敷かない。厄介な毬栗坊主だ。このくらい遠慮するなら多人数集まった時もう少し遠慮すればいいのに、学校でもう少し遠慮すればいいのに、下宿屋でもう少し遠慮すればいいのに。すまじきところへ気兼をして、すべき時には謙遜しない、否大に狼藉を働らく。たちの悪るい毬栗坊主だ。

　ところへ後ろの襖をすうと開けて、雪江さんが一碗の茶を恭しく坊主に供した。平生なら、そらサヴェジ・チーが出たと冷やかすのだが、主人一人に対してすら痛み入っている上へ、妙齢の女性が学校で覚え立ての小笠原流で、乙に気取った手つきをして茶碗を突きつけたのだから、坊主は大に苦悶の体に見える。雪江さんは襖をしめる時に後ろからにやにやと笑った。して見ると女は同年輩でもなかなかえらいものだ。坊主に比すれば遥かに度胸が据わっている。ことに先刻の無念にはらはらと流した一滴の紅涙のあとだから、このにやにやがさらに目立って見えた。

雪江さんの引き込んだあとは、双方無言のまま、しばらくの間は辛防（しんぼう）していたが、これでは業をするようなものだと気がついた主人はようやく口を開いた。

「君は何とか云ったけな」

「古井……」

「古井？　古井何とかだね。名は」

「古井武右衛門」

「古井武右衛門――なるほど、だいぶ長い名だな。

今の名じゃない、昔の名だ。四年生だったね」

「いいえ」

「三年生か？」

「いいえ、二年生です」

「甲の組かね」

「乙です」

「乙なら、わたしの監督だね。そうか」と主人は感心している。実はこの大頭は入学の当時から、主人の眼についているんだから、決して忘れるどころではない。のみならず、時々は夢に見るくらい感銘した頭である。しかし呑気な主人はこの頭とこの古風な姓名とを連結して、その連結したものをまた二年乙組に連結する事が出来なかったのである。だからこの夢に見るほど感心した頭が自分の監督組の生徒であると聞いて、思わずそうかと心の裏で手を拍ったのである。しかしこの大きな頭の、古い名の、しかも自分の監督する生徒が何のために今頃やって来たのか頓と推諒（すいりょう）出来ない。元来不人望な主人の事だから、学校の生徒などは正月だろうが暮だろうがほとんど寄りついた事がない。寄りついたのは古井武右衛門君をもって嚆矢（こうし）とするくらいな珍客であるが、その来訪の主意がわからんには主人も大に閉口しているらしい。こんな面白くない人の家へただ遊びにくる訳もなかろうし、また辞職勧告ならもう少し昂然と構え込みそうだし、と云って武右衛門君などが一身上の用事相談があるはずがないし、どっちから、どう考えても主人には分らない。武右衛門君の様子を見るとあるいは本人自身にすら何で、ここまで参ったのか判然しないかも知れない。仕方がないから主人からとうとう表向に聞き出した。

「君遊びに来たのか」

「そうじゃないんです」

「それじゃ用事かね」

「ええ」

「学校の事かい」

「ええ、少し御話ししようと思って……」

「うむ。どんな事かね。さあ話したまえ」と云うと武右衛門君下を向いたぎり何にも言わない。元来武右衛門君は中学の二年生にしてはよく弁ずる方で、頭の大きい割に脳力は発達しておらんが、喋舌(しゃべ)る事においては乙組中鏘々(そうそう)たるものである。現にせんだってコロンバスの日本訳を教えろと云って大に主人を困らしたはまさにこの武右衛門君である。その鏘々たる先生が、最前から吃の御姫様のようにもじもじしているのは、何か云わくのある事でなくてはならん。単に遠慮のみとは到底受け取られない。主人も少々不審に思った。

「話す事があるなら、早く話したらいいじゃないか」

「少し話しにくい事で……」

「話しにくい？」と云いながら主人は武右衛門君

の顔を見たが、先方は依然として俯向になってるから、何事とも鑑定が出来ない。やむを得ず、少し語勢を変えて「いいさ。何でも話すがいい。ほかに誰も聞いていやしない。わたしも他言はしないから」と穏やかにつけ加えた。

「話してもいいでしょうか？」と武右衛門君はまだ迷っている。

「いいだろう」と主人は勝手な判断をする。

「では話しますが」といいかけて、毬栗頭をむくりと持ち上げて主人の方をちょっとまぼしそうに見た。その眼は三角である。主人は頬をふくらまして朝日の煙を吹き出しながらちょっと横を向いた。

「実はその……困った事になっちまって……」

「何が？」

「何がって、はなはだ困るもんですから、来たんです」

「だからさ、何が困るんだよ」

「そんな事をする考はなかったんですけれども、浜田が借せ借せと云うもんですから……」
「浜田と云うのは浜田平助かい」
「ええ」
「浜田に下宿料でも借したのかい」
「何そんなものを借したんじゃありません」
「じゃ何を借したんだい」
「名前を借したんです」
「浜田が君の名前を借りて何をしたんだい」

「艶書を送ったんです」

「何を送った？」

「だから、名前は廃（よ）して、投函役になると云ったんです」

「何だか要領を得んじゃないか。一体誰が何をしたんだい」

「艶書を送ったんです」

「艶書を送った？　誰に？」

「だから、話しにくいと云うんです」

「じゃ君が、どこかの女に艶書を送ったのか」

「いいえ、僕じゃないんです」

「浜田が送ったのかい」

「浜田でもないんです」

「じゃ誰が送ったんだい」

「誰だか分らないんです」

「ちっとも要領を得ないな。では誰も送らんのかい」

「名前だけは僕の名なんです」

「名前だけは君の名だって、何の事だかちっとも分らんじゃないか。もっと条理を立てて話すがいい。元来その艶書を受けた当人はだれか」

「金田って向横丁にいる女です」

「あの金田という実業家か」

「ええ」

「で、名前だけ借したとは何の事だい」

「あすこの娘がハイカラで生意気だから艶書を送ったんです。——浜田が名前がなくちゃいけないって云いますから、君の名前をかけって云ったら、僕のじゃつまらない。古井武右衛門の方がいいって――それで、とうとう僕の名を借してしまったんです」

「で、君はあすこの娘を知ってるのか。交際でもあるのか」

「交際も何もありゃしません。顔なんか見た事もありません」

「乱暴だな。顔も知らない人に艶書をやるなんて、まあどう云う了見で、そんな事をしたんだい」

「ただみんながあいつは生意気で威張ってるて云うから、からかってやったんです」

「ますます乱暴だな。じゃ君の名を公然とかいて送ったんだな」

「ええ、文章は浜田が書いたんです。僕が名前を借して遠藤が夜あすこのうちまで行って投函して来たんです」

「じゃ三人で共同してやったんだね」

「ええ、ですけれども、あとから考えると、もしあらわれて退学にでもなると大変だと思って、非常に心配して二三日は寝られないんで、何だか茫(ぼん)やりしてしまいました」

「そりゃまた飛んでもない馬鹿をしたもんだ。それで文明中学二年生古井武右衛門とでもかいたのかい」

「いいえ、学校の名なんか書きゃしません」

「学校の名を書かないだけまあよかった。これで学校の名が出て見るがいい。それこそ文明中学の名誉に関する」

「どうでしょう退校になるでしょうか」

「そうさな」

「先生、僕のおやじさんは大変やかましい人で、それにお母さんが継母ですから、もし退校にでもなろうもんなら、僕あ困っちまうです。本当に退校になるでしょうか」

「だから滅多な真似をしないがいい」

「する気でもなかったんですが、ついやってしまったんです。退校にならないように出来ないでしょうか」と武右衛門君は泣き出しそうな声をしきりに哀願に及んでいる。襖の蔭では最前から細君と雪江さんがくすくす笑っている。主人は飽くまでももったいぶって「そうさな」を繰り返している。なかなか面白い。

吾輩が面白いというと、何がそんなに面白いと聞く人があるかも知れない。聞くのはもっともだ。

人間にせよ、動物にせよ、己を知るのは生涯の大事である。己を知る事が出来さえすれば人間も人間として猫より尊敬を受けてよろしい。その時は吾輩もこんないたずらを書くのは気の毒だからすぐさまやめてしまうつもりである。しかし自分で自分の鼻の高さが分らないと同じように、自己の何物かはなかなか見当がつき悪（に）くいと見えて、平生から軽蔑している猫に向ってさえかような質問をかけるのであろう。人間は生意気なようでもやはり、どこか抜けている。万物の霊だなどとどこへでも万物の霊を担いであるくかと思うと、これしきの事実が理解出来ない。しかも恬として平然たるに至ってはちと一噱（いっきゃく）を催したくなる。彼は万物の霊を背中へ担いで、おれの鼻はどこにあるか教えてくれ、教えてくれと騒ぎ立てている。それなら万物の霊を辞職するかと思うと、どう致して死んでも放しそうにしない。このくらい公然と矛盾をして平気でいられれば愛嬌になる。愛嬌になる代りには馬鹿をもって甘じなくてはならん。

吾輩がこの際武右衛門君と、主人と、細君及雪江嬢を面白がるのは、単に外部の事件が鉢合せをして、その鉢合せが波動を乙なところに伝えるからではない。実はその鉢合の反響が人間の心に個々別々の音色を起すからである。第一主人はこの事件に対してむしろ冷淡である。武右衛門君のおやじさんがいかにやかましくって、おっかさんがいかに君を継子あつかいにしようとも、あんまり驚ろかない。驚ろくはずがない。武右衛門君が退校になるのは、自分が免職になるのとは大に趣が違う。千人近くの生徒がみんな退校になったら、教師も衣食の途に窮するかも知れないが、古井武右衛門君一人の運命がどう変化しようと、主人の朝夕にはほとんど関係がない。関係の薄いところには同情も自から薄い訳である。見ず知らずの人のために眉をひそめたり、鼻をかんだり、嘆息をするのは、決して自然の傾向ではない。人間がそんなに情深い、思いやりのある動物であるとははなはだ受け取りにくい。ただ世の中に生れて来た賦税として、時々交際のために涙を流して見たり、気の毒な顔を作って見せたりするばかりである。云わばごまかし性（せい）表情で、実を云うと大分骨が折れる芸術である。このごまかしをうまくやるものを芸術的良心の強い人と云って、これは世間から大変珍重される。だから人から珍重される人間ほど怪しいものはない。試して見ればすぐ分る。この点において主人はむしろ拙な部類に属すると云ってよろしい。拙だから珍重されない。珍重されないから、内部の冷淡を存外隠すところもなく発表している。彼が武右衛門君に対して「そうさな」を繰り返しているのでも這裏（しゃり）の消息はよく分る。諸君は冷淡だからと云って、けっして主人のような善人を嫌ってはいけない。冷淡は人間の本来の性質であって、その性質をかくそうと力（つと）めないのは正直な人である。もし諸君がかかる際に冷淡以上を望んだら、それこそ人間を買い被ったと云わなければならない。正直ですら払底な世にそれ以上を予期するのは、馬琴の小説から志乃や小文吾が抜けだして、向う三軒両隣へ八犬伝が引き越した時でなくては、あてにならない無理な注文である。主人はまずこのくらいにして、次には茶の間で笑ってる女連に取りかかるが、これは主人の冷淡を一歩向へ跨いで、滑稽の領分に躍り込んで嬉しがっている。この女連には武右衛門君が頭痛に病んでいる艶書事件が、仏陀の福音のごとくありがたく思われる。理由はないただありがたい。強いて解剖すれば武右衛門君が困るのがありがたいのである。諸君女に向って聞いて御覧、「あなたは人が困るのを面白がって笑いますか」と。聞かれた人はこの問を呈出した者を馬鹿と云うだろう、馬鹿と云わなければ、わざとこんな問をかけて淑女の品性を侮辱したと云うだろう。侮辱したと思うのは事実かも知れないが、人の困るのを笑うのも事実である。であるとすれば、これから私の品性を侮辱するような事を自分でしてお目にかけますから、何とか云っちゃいやよと断わるのと一般である。僕は泥棒をする。しかしけっして不道徳と云ってはならん。もし不道徳だなどと云えば僕の顔へ泥を塗ったものである。僕を侮辱したものである。と主張するようなものだ。女はなかなか利口だ、考えに筋道が立っている。いやしくも人間に生れる以上は踏んだり、蹴たり、どやされたりして、しかも人が振りむきもせぬ時、平気でいる覚悟が必用であるのみならず、唾を吐きかけられ、糞をたれかけられた上に、大きな声で笑われるのを快よく思わなくてはならない。それでなくてはかように利口な女と名のつくものと交際は出来ない。武右衛門先生もちょっとしたはずみから、とんだ間違をして大に恐れ入ってはいるようなものの、かように恐れ入ってるものを蔭で笑うのは失敬だとくらいは思うかも知れないが、それは年が行かない稚気というもので、人が失礼をした時に怒るのを気が小さいと先方では名づけるそうだから、そう云われるのがいやならおとなしくするがよろしい。最後に武右衛門君の心行きをちょっと紹介する。君は心配の権化である。かの偉大なる頭脳はナポレオンのそれが功名心をもって充満せるがごとく、まさに心配をもってはちきれんとしている。時々その団子っ鼻がぴくぴく動くのは心配が顔面神経に伝って、反射作用のごとく無意識に活動するのである。彼は大きな鉄砲丸を飲み下したごとく、腹の中にいかんともすべからざる塊まりを抱いて、この両三日処置に窮している。その切なさの余り、別に分別の出所もないから監督と名のつく先生のところへ出向いたら、どうか助けてくれるだろうと思って、いやな人の家へ大きな頭を下げにまかり越したのである。彼は平生学校で主人にからかったり、同級生を煽動して、主人を困らしたりした事はまるで忘れている。いかにからかおうとも困らせようとも監督と名のつく以上は心配してくれるに相違ないと信じているらしい。随分単純なものだ。監督は主人が好んでなった役ではない。校長の命によってやむを得ずいただいている、云わば迷亭の叔父さんの山高帽子の種類である。ただ名前である。ただ名前だけではどうする事も出来ない。名前がいざと云う場合に役に立つなら雪江さんは名前だけで見合が出来る訳だ。武右衛門君はただに我儘なるのみならず、他人は己れに向って必ず親切でなくてはならんと云う、人間を買い被った仮定から出立している。笑われるなどとは思も寄らなかったろう。武右衛門君は監督の家へ来て、きっと人間について、一の真理を発明したに相違ない。彼はこの真理のために将来ますます本当の人間になるだろう。人の心配には冷淡になるだろう、人の困る時には大きな声で笑うだろう。かくのごとくにして天下は未来の武右衛門君をもって充たされるであろう。金田君及び金田令夫人をもって充たされるであろう。吾輩は切に武右衛門君のために瞬時も早く自覚して真人間になられん事を希望するのである。しからずんばいかに心配するとも、いかに後悔するとも、いかに善に移るの心が切実なりとも、到底金田君のごとき成功は得られんのである。いな社会は遠からずして君を人間の居住地以外に放逐するであろう。文明中学の退校どころではない。

かように考えて面白いなと思っていると、格子ががらがらとあいて、玄関の障子の蔭から顔が半分ぬうと出た。

「先生」

主人は武右衛門君に「そうさな」を繰り返していたところへ、先生と玄関から呼ばれたので、誰だろうとそっちを見ると半分ほど筋違（すじかい）に障子から食（は）み出している顔はまさしく寒月君である。「おい、御這入り」と云ったぎり坐っている。

「御客ですか」と寒月君はやはり顔半分で聞き返している。

「なに構わん、まあ御上がり」

「実はちょっと先生を誘いに来たんですがね」

「どこへ行くんだい。また赤坂かい。あの方面はもう御免だ。せんだっては無闇にあるかせられて、足が棒のようになった」

「今日は大丈夫です。久し振りに出ませんか」

「どこへ出るんだい。まあ御上がり」

「上野へ行って虎の鳴き声を聞こうと思うんです」

「つまらんじゃないか、それよりちょっと御上り」

寒月君は到底遠方では談判不調と思ったものか、靴を脱いでのそのそ上がって来た。例のごとく鼠色の、尻につぎの中ったずぼんを穿いているが、これは時代のため、もしくは尻の重いために破れたのではない、本人の弁解によると近頃自転車の稽古を始めて局部に比較的多くの摩擦を与えるからである。未来の細君をもって嘱目（しょくもく）された本人へ文をつけた恋の仇とは夢にも知らず、「やあ」と云って武右衛門君に軽く会釈をして椽側へ近い所へ座をしめた。

「虎の鳴き声を聞いたって詰らないじゃないか」

「ええ、今じゃいけません、これから方々散歩して夜十一時頃になって、上野へ行くんです」

「へえ」

「すると公園内の老木は森々として物凄いでしょう」

「そうさな、昼間より少しは淋しいだろう」

「それで何でもなるべく樹の茂った、昼でも人の通らない所を択（よ）ってあるいていると、いつの間にか紅塵（こうじん）万丈の都会に住んでる気はなくなって、山の中へ迷い込んだような心持ちになるに相違ないです」

「そんな心持ちになってどうするんだい」

「そんな心持ちになって、しばらく佇んでいると
たちまち動物園のうちで、虎が鳴くんです」
「そう旨く鳴くかい」
「大丈夫鳴きます。あの鳴き声は昼でも理科大学
へ聞えるくらいなんですから、深夜閴寂（げきせ
き）として、四望人なく、鬼気肌に逼って、魑魅
（ちみ）鼻を衝く際に……」
「魑魅鼻を衝くとは何の事だい」
「そんな事を云うじゃありませんか、怖い時に」

「そうかな。あんまり聞かないようだが。それで」

「それで虎が上野の老杉の葉をことごとく振い落すような勢で鳴くでしょう。物凄いでさあ」

「そりゃ物凄いだろう」

「どうです冒険に出掛けませんか。きっと愉快だろうと思うんです。どうしても虎の鳴き声は夜なかに聞かなくっちゃ、聞いたとはいわれないだろうと思うんです」

「そうさな」と主人は武右衛門君の哀願に冷淡で

あるごとく、寒月君の探検にも冷淡である。

この時まで黙然として虎の話を羨ましそうに聞いていた武右衛門君は主人の「そうさな」で再び自分の身の上を思い出したと見えて、「先生、僕は心配なんですが、どうしたらいいでしょう」とまた聞き返す。寒月君は不審な顔をしてこの大きな頭を見た。吾輩は思う仔細あってちょっと失敬して茶の間へ廻る。

茶の間では細君がくすくす笑いながら、京焼の

安茶碗に番茶を浪々と注いで、アンチモニーの茶托の上へ載せて、

「雪江さん、憚りさま、これを出して来て下さい」

「わたし、いやよ」

「どうして」と細君は少々驚ろいた体で笑いをはたと留める。

「どうしてでも」と雪江さんはやにすました顔を即席にこしらえて、傍にあった読売新聞の上にのしかかるように眼を落した。細君はもう一応協商

を始める。

「あら妙な人ね。寒月さんですよ。構やしないわ」

「でも、わたし、いやなんですもの」と読売新聞の上から眼を放さない。こんな時に一字も読めるものではないが、読んでいないなどとあばかれたらまた泣き出すだろう。

「ちっとも恥かしい事はないじゃありませんか」と今度は細君笑いながら、わざと茶碗を読売新聞の上へ押しやる。雪江さんは「あら人の悪るい」

と新聞を茶碗の下から、抜こうとする拍子に茶托に引きかかって、番茶は遠慮なく新聞の上から畳の目へ流れ込む。「それ御覧なさい」と細君が云うと、雪江さんは「あら大変だ」と台所へ馳け出して行った。雑巾でも持ってくる了見だろう。吾輩にはこの狂言がちょっと面白かった。

寒月君はそれとも知らず座敷で妙な事を話している。

「先生障子を張り易（か）えましたね。誰が張ったんです」

「女が張ったんだ。よく張れているだろう」

「ええなかなかうまい。あの時々おいでになる御嬢さんが御張りになったんですか」

「うんあれも手伝ったのさ。このくらい障子が張れれば嫁に行く資格はあると云って威張ってるぜ」

「へえ、なるほど」と云いながら寒月君障子を見つめている。

「こっちの方は平ですが、右の端は紙が余って波が出来ていますね」

「あすこが張りたてのところで、もっとも経験の乏しい時に出来上ったところさ」

「なるほど、少し御手際が落ちますね。あの表面は超絶的曲線で到底普通のファンクションではあらわせないです」と、理学者だけにむずかしい事を云うと、主人は
「そうさね」と好い加減な挨拶をした。

この様子ではいつまで嘆願をしていても、到底

見込がないと思い切った武右衛門君は突然かの偉大なる頭蓋骨を畳の上に圧しつけて、無言の裡に暗に訣別の意を表した。主人は「帰るかい」と云った。武右衛門君は悄然として薩摩下駄を引きずって門を出た。可愛想に。打ちゃって置くと巌頭の吟でも書いて華厳滝から飛び込むかも知れない。元を糺せば金田令嬢のハイカラと生意気から起った事だ。もし武右衛門君が死んだら、幽霊になって令嬢を取り殺してやるがいい。あんなものが世界から一人や二人消えてなくなったって、男子はすこしも困らない。寒月君はもっと令嬢らしいのを貰うがいい。

「先生ありゃ生徒ですか」

「うん」

「大変大きな頭ですね。学問は出来ますすか」

「頭の割には出来ないがね、時々妙な質問をするよ。こないだコロンバスを訳して下さいって大に弱った」

「全く頭が大き過ぎますからそんな余計な質問をするんでしょう。先生何とおっしゃいました」

「ええ？　なあに好い加減な事を云って訳してやった」

「それでも訳す事は訳したんですか、こりゃえらい」

「小供は何でも訳してやらないと信用せんからね」

「先生もなかなか政治家になりましたね。しかし今の様子では、何だか非常に元気がなくって、先生を困らせるようには見えないじゃありませんか」

「今日は少し弱ってるんだよ。馬鹿な奴だよ」

「どうしたんです。何だかちょっと見たばかりで非常に可哀想になりました。全体どうしたんです」

「なに愚な事さ。金田の娘に艶書を送ったんだ」

「え？　あの大頭がですか。近頃の書生はなかなかえらいもんですね。どうも驚ろいた」

「君も心配だろうが……」

「何ちっとも心配じゃありません。かえって面白いです。いくら、艶書が降り込んだって大丈夫です」

「そう君が安心していれば構わないが……」

「構わんですとも私はいっこう構いません。しかしあの大頭が艶書をかいたと云うには、少し驚ろきますね」

「それがさ。冗談にしたんだよ。あの娘がハイカラで生意気だから、からかってやろうって、三人が共同して……」

「三人が一本の手紙を金田の令嬢にやったんですか。ますます奇談ですね。一人前の西洋料理を三人で食うようなものじゃありませんか」

「ところが手分けがあるんだ。一人が文章をかく、一人が投函する、一人が名前を借す。で今来たのが名前を借した奴なんだがね。これが一番愚だね。しかも金田の娘の顔も見た事がないって云うんだぜ。どうしてそんな無茶な事が出来たものだろう」

「そりゃ、近来の大出来ですよ。傑作ですね。どうもあの大頭が、女に文をやるなんて面白いじゃありませんか」

「飛んだ間違にならあね」

「なになったって構やしません、相手が金田ですもの」

「だって君が貰うかも知れない人だぜ」

「貰うかも知れないから構わないんです。なあに、金田なんか、構やしません」

「君は構わなくっても……」

「なに金田だって構やしません、大丈夫です」

「それならそれでいいとして、当人があとになって、急に良心に責められて、恐ろしくなったものだから、大に恐縮して僕のうちへ相談に来たんだ」

「へえ、それであんなに悄々（しおしお）としているんですか、気の小さい子と見えますね。先生何とか云っておやんなすったんでしょう」

「本人は退校になるでしょうかって、それを一番心配しているのさ」

「何で退校になるんです」

「そんな悪るい、不道徳な事をしたから」

「何、不道徳と云うほどでもありませんやね。構やしません。金田じゃ名誉に思ってきっと吹聴していますよ」

「まさか」

「とにかく可愛想ですよ。そんな事をするのがわるいとしても、あんなに心配させちゃ、若い男を一人殺してしまいますよ。ありゃ頭は大きいが人相はそんなにわるくありません。鼻なんかぴくぴくさせて可愛いです」

「君も大分迷亭見たように呑気な事を云うね」

「何、これが時代思潮です、先生はあまり昔し風だから、何でもむずかしく解釈なさるんです」

「しかし愚じゃないか、知りもしないところへ、いたずらに艶書を送るなんて、まるで常識をかいてるじゃないか」

「いたずらは、たいがい常識をかいていますさあ。救っておやんなさい。功徳になりますよ。あの容子じゃ華厳の滝へ出掛けますよ」

「そうだな」

「そうなさい。もっと大きな、もっと分別のある大僧（おおぞう）共がそれどころじゃない、わるいいたずらをして知らん面をしていますよ。あんな子を退校させるくらいなら、そんな奴らを片っ端から放逐でもしなくっちゃ不公平でさあ」

「それもそうだね」

「それでどうです上野へ虎の鳴き声をききに行くのは」

「虎かい」

「ええ、聞きに行きましょう。実は二三日中にちょっと帰国しなければならない事が出来ましたから、当分どこへも御伴は出来ませんから、今日は是非いっしょに散歩をしようと思って来たんです」

「そうか帰るのかい、用事でもあるのかい」

「ええちょっと用事が出来たんです。――ともかくも出ようじゃありませんか」

「そう。それじゃ出ようか」

「さあ行きましょう。今日は私が晩餐を奢りますから、――それから運動をして上野へ行くとちょうど好い刻限です」としきりに促がすものだから、主人もその気になって、いっしょに出掛けて行った。あとでは細君と雪江さんが遠慮のない声でげらげらけらけらからからと笑っていた。

十一

床の間の前に碁盤を中に据えて迷亭君と独仙君が対坐している。

「ただはやらない。負けた方が何か奢るんだぜ。いいかい」と迷亭君が念を押すと、独仙君は例のごとく山羊髯を引っ張りながら、こう云った。

「そんな事をすると、せっかくの清戯（せいぎ）を俗了してしまう。かけなどで勝負に心を奪われては面白くない。成敗を度外において、白雲の自然に岫（しゅう）を出でて冉々（ぜんぜん）たるごとき心持ちで一局を了してこそ、個中の味はわかるものだよ」

「また来たね。そんな仙骨を相手にしちゃ少々骨が折れ過ぎる。宛然（えんぜん）たる列仙伝中の人物だね」

「無絃の素琴（そきん）を弾じさ」

「無線の電信をかけかね」

「とにかく、やろう」

「君が白を持つのかい」

「どっちでも構わない」

「さすがに仙人だけあって鷹揚だ。君が白なら自然の順序として僕は黒だね。さあ、来たまえ。どこからでも来たまえ」

「黒から打つのが法則だよ」

「なるほど。しからば謙遜して、定石にここいらから行こう」

「定石にそんなのはないよ」

「なくっても構わない。新奇発明の定石だ」

吾輩は世間が狭いから碁盤と云うものは近来になって始めて拝見したのだが、考えれば考えるほど妙に出来ている。広くもない四角な板を狭苦しく四角に仕切って、目が眩むほどごたごたと黒白の石をならべる。そうして勝ったとか、負けたとか、死んだとか、生きたとか、あぶら汗を流して騒いでいる。高が一尺四方くらいの面積だ。猫の前足で掻き散らしても滅茶滅茶になる。引き寄せて結べば草の庵にて、解くればもとの野原なりけり。入らざるいたずらだ。懐手をして盤を眺めている方が遥かに気楽である。それも最初の三四十目は、石の並べ方では別段目障りにもならないが、いざ天下わけ目と云う間際に覗いて見ると、いやはや御気の毒な有様だ。白と黒が盤から、こぼれ落ちるまでに押し合って、御互にギューギュー云っている。窮屈だからと云って、隣りの奴にどいて貰う訳にも行かず、邪魔だと申して前の先生に退去を命ずる権利もなし、天命とあきらめて、じっとして身動きもせず、すくんでいるよりほかに、どうする事も出来ない。碁を発明したものは人間で、人間の嗜好が局面にあらわれるものとすれば、窮屈なる碁石の運命はせせこましい人間の性質を代表していると云っても差支えない。人間の性質が碁石の運命で推知する事が出来るものとすれば、人間とは天空海闊（かいかつ）の世界を、我からと縮めて、己れの立つ両足以外には、どうあっても踏み出せぬように、小刀細工で自分の領分に縄張りをするのが好きなんだと断言せざるを得ない。人間とはしいて苦痛を求めるものであると一言に評してもよかろう。

呑気なる迷亭君と、禅機ある独仙君とは、どう云う了見か、今日に限って戸棚から古碁盤を引きずり出して、この暑苦しいいたずらを始めたのである。さすがに御両人御揃いの事だから、最初のうちは各自任意の行動をとって、盤の上を白石と黒石が自由自在に飛び交わしていたが、盤の広さには限りがあって、横竪の目盛りは一手ごとに埋って行くのだから、いかに呑気でも、いかに禅機があっても、苦しくなるのは当り前である。

「迷亭君、君の碁は乱暴だよ。そんな所へ這入ってくる法はない」

「禅坊主の碁にはこんな法はないかも知れない

が、本因坊の流儀じゃ、あるんだから仕方がないさ」

「しかし死ぬばかりだぜ」

「臣死をだも辞せず、いわんや彘肩（ていけん）をやと、一つ、こう行くかな」

「そうおいでになったと、よろしい。薫風南より来って、殿閣微涼を生ず。こう、ついでおけば大丈夫なものだ」

「おや、ついだのは、さすがにえらい。まさか、つぐ気遣はなかろうと思った。ついで、くりゃるな八幡鐘をと、こうやったら、どうするかね」

「どうするも、こうするもないさ。一剣天に倚って寒し――ええ、面倒だ。思い切って、切ってしまえ」

「やや、大変大変。そこを切られちゃ死んでしまう。おい冗談じゃない。ちょっと待った」

「それだから、さっきから云わん事じゃない。こうなってるところへは這入れるものじゃないんだ」

「這入って失敬仕り候。ちょっとこの白をとってくれたまえ」

「それも待つのかい」

「ついでにその隣りのも引き揚げて見てくれたまえ」

「ずうずうしいぜ、おい」

「Do you see the boy か。——なに君と僕の間柄じゃないか。そんな水臭い事を言わずに、引き揚げてくれたまえな。死ぬか生きるかと云う場合だ。

しばらく、しばらくって花道から馳け出してくるところだよ」

「そんな事は僕は知らんよ」

「知らなくってもいいから、ちょっとどけたまえ」

「君さっきから、六返待ったをしたじゃないか」

「記憶のいい男だな。向後は旧に倍し待ったを仕り候。だからちょっとどけたまえと云うのだあね。君もよッぽど強情だね。座禅なんかしたら、もう少し捌けそうなものだ」

「しかしこの石でも殺さなければ、僕の方は少し負けになりそうだから……」

「君は最初から負けても構わない流じゃないか」

「僕は負けても構わないが、君には勝たしたくない」

「飛んだ悟道だ。相変らず春風影裏に電光をきってるね」

「春風影裏じゃない、電光影裏だよ。君のは逆だ」

「ハハハハもう大抵逆かになっていい時分だと思

ったら、やはりたしかなところがあるね。それじゃ仕方がないあきらめるかな」

「生死事大、無常迅速、あきらめるさ」

「アーメン」と迷亭先生今度はまるで関係のない方面へぴしゃりと一石を下した。

　床の間の前で迷亭君と独仙君が一生懸命に輸贏（しゅえい）を争っていると、座敷の入口には、寒月君と東風君が相ならんでその傍に主人が黄色い顔をして坐っている。寒月君の前に鰹節が三本、裸のまま畳の上に行儀よく排列してあるのは奇観である。

この鰹節の出処は寒月君の懐で、取り出した時は暖たかく、手のひらに感じたくらい、裸ながらぬくもっていた。主人と東風君は妙な眼をして視線を鰹節の上に注いでいると、寒月君はやがて口を開いた。

「実は四日ばかり前に国から帰って来たのですが、いろいろ用事があって、方々馳けあるいていたものですから、つい上がられなかったのです」

「そう急いでくるには及ばないさ」と主人は例のごとく無愛嬌な事を云う。

「急いで来んでもいいのですけれども、このおみやげを早く献上しないと心配ですから」

「鰹節じゃないか」

「ええ、国の名産です」

「名産だって東京にもそんなのは有りそうだぜ」

と主人は一番大きな奴を一本取り上げて、鼻の先へ持って行って臭いをかいで見る。

「かいだって、鰹節の善悪はわかりませんよ」

「少し大きいのが名産たる所以かね」

「まあ食べて御覧なさい」

「食べる事はどうせ食べるが、こいつは何だか先が欠けてるじゃないか」

「それだから早く持って来ないと心配だと云うのです」

「なぜ？」

「なぜって、そりゃ鼠が食ったのです」

「そいつは危険だ。滅多に食うとペストになるぜ」

「なに大丈夫、そのくらいかじったたって害はありません」

「全体どこで噛ったんだい」

「船の中でです」

「船の中？　どうして」

「入れる所がなかったから、ヴァイオリンといっしょに袋のなかへ入れて、船へ乗ったら、その晩にやられました。鰹節だけなら、いいのですけれども、大切なヴァイオリンの胴を鰹節と間違えてやはり少々噛りました」

「そそっかしい鼠だね。船の中に住んでると、そう見境がなくなるものかな」と主人は誰にも分らん事を云って依然として鰹節を眺めている。

「なに鼠だから、どこに住んでてもそそっかしいのでしょう。だから下宿へ持って来てもまたやられそうでね。剣呑だから夜るは寝床の中へ入れて寝ました」
「少しきたないようだぜ」
「だから食べる時にはちょっとお洗いなさい」
「ちょっとくらいじゃ奇麗にゃなりそうもない」
「それじゃ灰汁でもつけて、ごしごし磨いたらいいでしょう」
「ヴァイオリンも抱いて寝たのかい」
「ヴァイオリンは大き過ぎるから抱いて寝る訳には行かないんですが……」と云いかけると

「なんだって？　ヴァイオリンを抱いて寝たって？　それは風流だ。行く春や重たき琵琶のだき心と云う句もあるが、それは遠きその上の事だ。明治の秀才はヴァイオリンを抱いて寝なくっちゃ古人を凌ぐ訳には行かないよ。かい巻に長き夜守るやヴァイオリンはどうだい。東風君、新体詩でそんな事が云えるかい」と向うの方から迷亭先生大きな声でこっちの談話にも関係をつける。

東風君は真面目で「新体詩は俳句と違ってそう

急には出来ません。しかし出来た暁にはもう少し生霊の機微に触れた妙音が出ます」
「そうかね、生霊はおがらを焚いて迎え奉るものと思ってたが、やっぱり新体詩の力でも御来臨になるかい」と迷亭はまだ碁をそっちのけにして調戯（からかっ）ている。
「そんな無駄口を叩くとまた負けるぜ」と主人は迷亭に注意する。迷亭は平気なもので
「勝ちたくても、負けたくても、相手が釜中（ふち

ゅう）の章魚（たこ）同然手も足も出せないのだから、僕も無聊でやむを得ずヴァイオリンの御仲間を仕るのさ」と云うと、相手の独仙君はいささか激した調子で

「今度は君の番だよ。こっちで待ってるんだ」と云い放った。

「え？　もう打ったのかい」

「打ったとも、とうに打ったさ」

「どこへ」

「この白をはすに延ばした」

「なあるほど。この白をはすに延ばして負けにけりか、そんならこっちはと——こっちは——こっちはこっちはとて暮れにけりと、どうもいい手がないね。君もう一返打たしてやるから勝手なところへ一目打ちたまえ」

「そんな碁があるものか」

「そんな碁があるものかなら打ちましょう。——それじゃこのかど地面へちょっと曲がって置くかな。――寒月君、君のヴァイオリンはあんまり安いから鼠が馬鹿にして噛るんだよ、もう少しいいのを奮発して買うさ、僕が以太利亜（イタリア）から三百年前の古物を取り寄せてやろうか」

「どうか願います。ついでにお払いの方も願いたいもので」

「そんな古いものが役に立つものか」と何にも知らない主人は一喝にして迷亭君を極めつけた。

「君は人間の古物とヴァイオリンの古物と同一視

しているんだろう。人間の古物でも金田某のごときものは今だに流行しているくらいだから、ヴァイオリンに至っては古いほどがいいのさ。――さあ、独仙君どうか御早く願おう。けいまさのせりふじゃないが秋の日は暮れやすいからね」

「君のようなせわしない男と碁を打つのは苦痛だよ。考える暇も何もありゃしない。仕方がないから、ここへ一目入れて目にしておこう」

「おやおや、とうとう生かしてしまった。惜しい事をしたね。まさかそこへは打つまいと思って、いささか駄弁を振って肝胆を砕いていたが、やっぱり駄目か」

「当り前さ。君のは打つのじゃない。ごまかすのだ」

「それが本因坊流、金田流、当世紳士流さ。――おい苦沙弥先生、さすがに独仙君は鎌倉へ行って万年漬を食っただけあって、物に動じないね。どうも敬々服々だ。碁はまずいが、度胸は据ってる」

「だから君のような度胸のない男は、少し真似をするがいい」と主人が後ろ向のままで答えるやいなや、迷亭君は大きな赤い舌をぺろりと出した。独仙君は毫も関せざるもののごとく、「さあ君の番だ」とまた相手を促した。

「君はヴァイオリンをいつ頃から始めたのかい。僕も少し習おうと思うのだが、よっぽどむずかしいものだそうだね」と東風君が寒月君に聞いている。

「うむ、一と通りなら誰にでも出来るさ」

「同じ芸術だから詩歌の趣味のあるものはやはり音楽の方でも上達が早いだろうと、ひそかに恃むところがあるんだが、どうだろう」

「いいだろう。君ならきっと上手になるよ」

「君はいつ頃から始めたのかね」

「高等学校時代さ。——先生私しのヴァイオリンを習い出した顛末をお話しした事がありましたかね」

「いいえ、まだ聞かない」

「高等学校時代に先生でもあってやり出したのかい」

「なあに先生も何もありゃしない。独習さ」

「全く天才だね」

「独習なら天才と限った事もなかろう」と寒月君はつんとする。天才と云われてつんとするのは寒月君だけだろう。

「そりゃ、どうでもいいが、どう云う風に独習したのかちょっと聞かしたまえ。参考にしたいから」

「話してもいい。先生話しましょうかね」

「ああ話したまえ」

「今では若い人がヴァイオリンの箱をさげて、よく往来などをあるいておりますが、その時分は高等学校生で西洋の音楽などをやったものはほとんどなかったのです。ことに私のおった学校は田舎の田舎で麻裏草履さえないと云うくらいな質朴な所でしたから、学校の生徒でヴァイオリンなどを弾くものはもちろん一人もありません。……」

「何だか面白い話が向うで始まったようだ。独仙君いい加減に切り上げようじゃないか」

「まだ片づかない所が二三箇所ある」

「あってもいい。大概な所なら、君に進上する」

「そう云ったって、貰う訳にも行かない」

「禅学者にも似合わん几帳面な男だ。それじゃ一気呵成にやっちまおう。――寒月君何だかよっぽど面白そうだね。――あの高等学校だろう、生徒が裸足で登校するのは……」

「そんな事はありません」

「でも、皆なはだしで兵式体操をして、廻れ右をやるんで足の皮が大変厚くなってると云う話だぜ」

「まさか。だれがそんな事を云いました」

「だれでもいいよ。そうして弁当には偉大なる握り飯を一個、夏蜜柑のように腰へぶら下げて来て、それを食うんだって云うじゃないか。食うと云うよりむしろ食いつくんだね。すると中心から梅干が一個出て来るそうだ。この梅干が出るのを楽しみに塩気のない周囲を一心不乱に食い欠いて突進するんだと云うが、なるほど元気旺盛なものだね。独仙君、君の気に入りそうな話だぜ」

「質朴剛健でたのもしい気風だ」

「まだたのもしい事がある。あすこには灰吹きがないそうだ。僕の友人があすこへ奉職をしている頃吐月峰（とげっほう）の印のある灰吹きを買いに出たところが、吐月峰どころか、灰吹と名づくべきものが一個もない。不思議に思って、聞いて見たら、灰吹きなどは裏の藪へ行って切って来れば誰にでも出来るから、売る必要はないと澄まして答えたそうだ。これも質朴剛健の気風をあらわす美譚だろう、ねえ独仙君」

「うむ、そりゃそれでいいが、ここへ駄目を一つ入れなくちゃいけない」

「よろしい。駄目、駄目、駄目と。それで片づいた。——僕はその話を聞いて、実に驚いたね。そんなどころで君がヴァイオリンを独習したのは見上げたものだ。惸独(けいどく)にして不羣(ふぐん)なりと楚辞にあるが寒月君は全く明治の屈原だよ」

「屈原はいやですよ」

「それじゃ今世紀のウェルテルさ。――なに石を上げて勘定をしろ？　やに物堅い性質だね。勘定しなくっても僕は負けてるからたしかだ」

「しかし極りがつかないから……」

「それじゃ君やってくれたまえ。僕は勘定所じゃない。一代の才人ウェルテル君がヴァイオリンを習い出した逸話を聞かなくっちゃ、先祖へ済まないから失敬する」と席をはずして、寒月君の方へすり出して来た。独仙君は丹念に白石を取っては白の穴を埋め、黒石を取っては黒の穴を埋めて、しきりに口の内で計算をしている。寒月君は話をつづける。

「土地柄がすでに土地柄だのに、私の国のものがまた非常に頑固なので、少しでも柔弱なものがおっては、他県の生徒に外聞がわるいと云って、むやみに制裁を厳重にしましたから、ずいぶん厄介でした」

「君の国の書生と来たら、本当に話せないね。元来何だって、紺の無地の袴なんぞ穿くんだい。第一あれからして乙だね。そうして塩風に吹かれつけているせいか、どうも、色が黒いね。男だからあれで済むが女があれじゃさぞかし困るだろう」

と迷亭君が一人這入ると肝心の話はどっかへ飛ん

で行ってしまう。

「女もあの通り黒いのです」

「それでよく貰い手があるね」

「だって一国中ことごとく黒いのだから仕方がありません」

「因果だね。ねえ苦沙弥君」

「黒い方がいいだろう。生じ白いと鏡を見るたんびに己惚が出ていけない。女と云うものは始末におえない物件だからなあ」と主人は喟然（きぜん）

として大息を洩らした。

「だって一国中ことごとく黒ければ、黒い方で己惚れはしませんか」と東風君がもっともな質問をかけた。

「ともかくも女は全然不必要な者だ」と主人が云うと、

「そんな事を云うと妻君が後でご機嫌がわるいぜ」と笑いながら迷亭先生が注意する。

「なに大丈夫だ」

「いないのかい」

「小供を連れて、さっき出掛けた」

「どうれで静かだと思った。どこへ行ったのだい」

「どこだか分らない。勝手に出てあるくのだ」

「そうして勝手に帰ってくるのかい」

「まあそうだ。君は独身でいいなあ」と云うと東風君は少々不平な顔をする。寒月君はにやにやと笑う。迷亭君は
「妻を持つとみんなそう云う気になるのさ。ねえ

独仙君、君なども妻君難の方だろう」

「ええ？　ちょっと待った。四六二十四、二十五、二十六、二十七と。狭いと思ったら、四十六目あるか。もう少し勝ったつもりだったが、こしらえて見ると、たった十八目の差か。――何だって？」

「君も妻君難だろうと云うのさ」

「アハハハハ別段難でもないさ。僕の妻は元来僕を愛しているのだから」

「そいつは少々失敬した。それでこそ独仙君だ」

「独仙君ばかりじゃありません。そんな例はいくらでもありますよ」と寒月君が天下の妻君に代ってちょっと弁護の労を取った。

「僕も寒月君に賛成する。僕の考では人間が絶対の域に入るには、ただ二つの道があるばかりで、その二つの道とは芸術と恋だ。夫婦の愛はその一つを代表するものだから、人間は是非結婚をして、この幸福を完（まっと）うしなければ天意に背く訳だと思うんだ。――がどうでしょう先生」と東風君は相変らず真面目で迷亭君の方へ向き直った。

「御名論だ。僕などは到底絶対の境に這入れそうもない」

「妻を貰えばなお這入れやしない」と主人はむずかしい顔をして云った。

「ともかくも我々未婚の青年は芸術の霊気にふれて向上の一路を開拓しなければ人生の意義が分からないですから、まず手始めにヴァイオリンでも習おうと思って寒月君にさっきから経験譚をきいているのです」

「そうそう、ウェルテル君のヴァイオリン物語を拝聴するはずだったね。さあ話し給え。もう邪魔はしないから」と迷亭君がようやく鋒鋩（ほうぼう）を収めると、

「向上の一路はヴァイオリンなどで開ける者ではない。そんな遊戯三昧で宇宙の真理が知れては大変だ。這裡（しゃり）の消息を知ろうと思えばやはり懸崖に手を撒（さっ）して、絶後に再び蘇える底

の気魄がなければ駄目だ」と独仙君はもったい振って、東風君に訓戒じみた説教をしたのはよかったが、東風君は禅宗のぜの字も知らない男だから頓と感心したようすもなく
「へえ、そうかも知れませんが、やはり芸術は人間の渇仰（かつごう）の極致を表わしたものだと思いますから、どうしてもこれを捨てる訳には参りません」
「捨てる訳に行かなければ、お望み通り僕のヴァ

イオリン談をして聞かせる事にしよう、で今話す通りの次第だから僕もヴァイオリンの稽古をはじめるまでには大分苦心をしたよ。第一買うのに困りましたよ先生」

「そうだろう麻裏草履がない土地にヴァイオリンがあるはずがない」

「いえ、ある事はあるんです。金も前から用意して溜めたから差支えないのですが、どうも買えないのです」

「なぜ？」

「狭い土地だから、買っておればすぐ見つかります。見つかれば、すぐ生意気だと云うので制裁を加えられます」

「天才は昔から迫害を加えられるものだからね」

と東風君は大に同情を表した。

「また天才か、どうか天才呼ばわりだけは御免蒙りたいね。それでね毎日散歩をしてヴァイオリンのある店先を通るたびにあれが買えたら好かろう、あれを手に抱えた心持ちはどんなだろう、ああ欲しい、ああ欲しいと思わない日は一日もなかったのです」

「もっともだ」と評したのは迷亭で、「妙に凝ったものだね」と解しかねたのが主人で、「やはり君、天才だよ」と敬服したのは東風君である。ただ独仙君ばかりは超然として髯を撚（ねん）している。

「そんな所にどうしてヴァイオリンがあるかが第一ご不審かも知れないですが、これは考えて見ると当り前の事です。なぜと云うとこの地方でも女学校があって、女学校の生徒は課業として毎日ヴァイオリンを稽古しなければならないのですから、あるはずです。無論いいのはありません。ただヴァイオリンと云う名が辛うじてつくくらいのものであります。だから店でもあまり重きをおいていないので、二三梃いっしょに店頭へ吊るしておくのです。それがね、時々散歩をして前を通るときに風が吹きつけたり、小僧の手が障ったりして、そら音を出す事があります。その音を聞くと急に心臓が破裂しそうな心持で、いても立ってもいられなくなるんです」

「危険だね。水癲癇、人癲癇と癲癇にもいろいろ種類があるが君のはウェルテルだけあって、ヴァイオリン癲癇だ」と迷亭君が冷やかすと、

「いやそのくらい感覚が鋭敏でなければ真の芸術家にはなれないですよ。どうしても天才肌だ」と東風君はいよいよ感心する。

「ええ実際癲癇かも知れませんが、しかしあの音色だけは奇体ですよ。その後今日まで随分ひきましたがあのくらい美しい音が出た事がありませんそうさ何と形容していいでしょう。到底言いあらわせないです」

「琳琅璆鏘（りんろうきゅうそう）として鳴るじゃないか」とむずかしい事を持ち出したのは独仙君であったが、誰も取り合わなかったのは気の毒である。

「私が毎日毎日店頭を散歩しているうちにとうとうこの霊異な音を三度ききました。三度目にどうあってもこれは買わなければならないと決心しました。仮令（たとい）国のものから譴責されても、他県のものから軽蔑されても――よし鉄拳制裁のために絶息しても――まかり間違って退校の処分を受けても――、これればかりは買わずにいられないと思いました」

「それが天才だよ。天才でなければ、そんなに思い込める訳のものじゃない。羨しい。僕もどうかして、それほど猛烈な感じを起して見たいと年来心掛けているが、どうもいけないね。音楽会などへ行って出来るだけ熱心に聞いているが、どうもそれほどに感興が乗らない」と東風君はしきりに羨やましがっている。

「乗らない方が仕合せだよ。今でこそ平気で話すようなもののその時の苦しみは到底想像が出来るような種類のものではなかった。――それから先生とうとう奮発して買いました」

「ふむ、どうして」

「ちょうど十一月の天長節の前の晩でした。国のものは揃って泊りがけに温泉に行きましたから、一人もいません。私は病気だと云って、その日は学校も休んで寝ていました。今晩こそ一つ出て行って兼て望みのヴァイオリンを手に入れようと、床の中でその事ばかり考えていました」

「偽病（けびょう）をつかって学校まで休んだのか

い」

「全くそうです」

「なるほど少し天才だね、こりゃ」と迷亭君も少々恐れ入った様子である。

「夜具の中から首を出していると、日暮れが待遠（まちどお）でたまりません。仕方がないから頭からもぐり込んで、眼を眠って待って見ましたが、やはり駄目です。首を出すと烈しい秋の日が、六尺の障子へ一面にあたって、かんかんするには癇癪が起りました。上の方に細長い影がかたまって、時々秋風にゆすれるのが眼につきます」

「何だい、その細長い影と云うのは」

「渋柿の皮を剥いて、軒へ吊るしておいたのです」

「ふん、それから」

「仕方がないから、床を出て障子をあけて椽側へ出て、渋柿の甘干しを一つ取って食いました」

「うまかったかい」と主人は小供みたような事を聞く。

「うまいですよ、あの辺の柿は。到底東京などじゃあの味はわかりませんね」

「柿はいいがそれから、どうしたい」と今度は東風君がきく。

「それからまたもぐって眼をふさいで、早く日が暮れればいいがと、ひそかに神仏に念じて見た。約三四時間も立ったと思う頃、もうよかろうと、首を出すとあにはからんや烈しい秋の日は依然として六尺の障子を照らしてかんかんする、上の方に細長い影がかたまって、ふわふわする」

「そりゃ、聞いたよ」

「何返もあるんだよ。それから床を出て、障子をあけて、甘干しの柿を一つ食って、また寝床へ這入って、早く日が暮れればいいと、ひそかに神仏に祈念をこらした」

「やっぱりもとのところじゃないか」

「まあ先生そう焦(せ)かずに聞いて下さい。それから約三四時間夜具の中で辛抱して、今度こそもうよかろうとぬっと首を出して見ると、烈しい秋の日は依然として六尺の障子へ一面にあたって、上の方に細長い影がかたまって、ふわふわしている」

「いつまで行っても同じ事じゃないか」

「それから床を出て障子を開けて、椽側へ出て甘干しの柿を一つ食って……」

「また柿を食ったのかい。どうもいつまで行っても柿ばかり食ってて際限がないね」

「私もじれったくてね」

「君より聞いてる方がよっぽどじれったいぜ」

「先生はどうも性急だから、話がしにくくって困ります」

「聞く方も少しは困るよ」と東風君も暗に不平を洩らした。

「そう諸君が御困りとある以上は仕方がない。大抵にして切り上げましょう。要するに私は甘干しの柿を食ってはもぐり、もぐっては食い、とうとう軒端に吊るした奴をみんな食ってしまいました」

「みんな食ったら日も暮れたろう」

「ところがそう行かないので、私が最後の甘干しを食って、もうよかろうと首を出して見ると、相変らず烈しい秋の日が六尺の障子へ一面にあたって……」

「僕あ、もう御免だ。いつまで行っても果てしがない」

「話す私も飽き飽きします」

「しかしそのくらい根気があれば大抵の事業は成就するよ。だまってたら、あしたの朝まで秋の日がかんかんするんだろう。全体いつ頃にヴァイオリンを買う気なんだい」とさすがの迷亭君も少し辛抱し切れなくなったと見える。ただ独仙君のみは泰然として、あしたの朝までも、あさっての朝までも、いくら秋の日がかんかんしても動ずる気色はさらにない。寒月君も落ちつき払ったもので

「いつ買う気だとおっしゃるが、晩になりさえすれば、すぐ買いに出掛けるつもりなのです。ただ残念な事には、いつ頭を出して見ても秋の日がかんかんしているものですから――いえその時の私しの苦しみと云ったら、到底今あなた方の御じれになるどころの騒ぎじゃないです。私は最後の甘干を食っても、まだ日が暮れないのを見て、泫然（げんぜん）として思わず泣きました。東風君、僕は実に情けなくって泣いたよ」

「そうだろう、芸術家は本来多情多恨だから、泣いた事には同情するが、話はもっと早く進行させたいものだね」と東風君は人がいいから、どこまでも真面目で滑稽な挨拶をしている。

「進行させたいのは山々だが、どうしても日が暮れてくれないものだから困るのさ」

「そう日が暮れなくちゃ聞く方も困るからやめよう」と主人がとうとう我慢がし切れなくなったと見えて云い出した。

「やめちゃなお困ります。これからがいよいよ佳境に入るところですから」

「それじゃ聞くから、早く日が暮れた事にしたらよかろう」

「では、少しご無理なご注文ですが、先生の事ですから、枉げて、ここは日が暮れた事に致しましょう」

「それは好都合だ」と独仙君が澄まして述べられたので一同は思わずどっと噴き出した。

「いよいよ夜に入ったので、まず安心とほっと一息ついて鞍懸（くらかけ）村の下宿を出ました。私は性来騒々しい所が嫌ですから、わざと便利な市内を避けて、人跡稀（じんせきまれ）な寒村の百姓家にしばらく蝸牛の庵を結んでいたのです……」

「人跡の稀なはあんまり大袈裟だね」と主人が抗議を申し込むと「蝸牛の庵も仰山だよ。床の間なしの四畳半くらいにしておく方が写生的で面白い」と迷亭君も苦情を持ち出した。東風君だけは「事実はどうでも言語が詩的で感じがいい」と褒めた。独仙君は真面目な顔で「そんな所に住んでいては学校へ通うのが大変だろう。何里くらいあるんですか」と聞いた。

「学校まではたった四五丁です。元来学校からして寒村にあるんですから……」

「それじゃ学生はその辺にだいぶ宿をとってるんでしょう」と独仙君はなかなか承知しない。

「ええ、大抵な百姓家には一人や二人は必ずいます」

「それで人迹稀なんですか」と正面攻撃を喰わせる。

「ええ学校がなかったら、全く人迹は稀ですよ。……で当夜の服装と云うと、手織木綿の綿入の上へ金釦の制服外套を着て、外套の頭巾をすぽりと被ってなるべく人の目につかないような注意をしました。折柄柿落葉の時節で宿から南郷街道へ出るまでは木の葉で路が一杯です。一歩運ぶごとにがさがさするのが気にかかります。誰かあとをつけて来そうでたまりません。振り向いて見ると東嶺寺の森がこんもりと黒く、暗い中に暗く写っています。この東嶺寺と云うのは松平家の菩提所で、庚申山の麓にあって、私の宿とは一丁くらいしか隔っていない、すこぶる幽邃（ゆうすい）な梵刹（ぼんせつ）です。森から上はのべつ幕なしの星月夜で、例の天の河が長瀬川を筋違（すじかい）に横切って末は――末は、そうですね、まず布哇（ハワイ)の方へ流れています……」

「布哇は突飛だね」と迷亭君が云った。

「南郷街道をついに二丁来て、鷹台町から市内に這入って、古城町を通って、仙石町を曲って、喰代町を横に見て、通町を一丁目、二丁目、三丁目と順に通り越して、それから尾張町、名古屋町、鯱鉾町、蒲鉾町……」

「そんなにいろいろな町を通らなくてもいい。要するにヴァイオリンを買ったのか、買わないのか」と主人がじれったそうに聞く。

「楽器のある店は金善即ち金子善兵衛方ですから、まだなかなかなかです」

「なかなかでもいいから早く買うがいい」

「かしこまりました。それで金善方へ来て見ると、店にはランプがかんかんかんともって……」

「またかんかんか、君のかんかんは一度や二度で済まないんだから難渋するよ」と今度は迷亭が予防線を張った。

「いえ、今度のかんかんは、ほんの通り一返のかんかんですから、別段御心配には及びません。……灯影にすかして見ると例のヴァイオリンが、ほのかに秋の灯を反射して、くり込んだ胴の丸みに冷たい光を帯びています。つよく張った琴線の一部だけがきらきらと白く眼に映ります。……」

「なかなか叙述がうまいや」と東風君がほめた。

「あれだな。あのヴァイオリンだなと思うと、急に動悸がして足がふらふらします……」

「ふふん」と独仙君が鼻で笑った。

「思わず馳け込んで、隠袋（かくし）から蝦蟇口を出して、蝦蟇口の中から五円札を二枚出して……」

「とうとう買ったかい」と主人がきく。

「買おうと思いましたが、まてしばし、ここが肝心のところだ。滅多な事をしては失敗する。まあよそうと、際どいところで思い留まりました」

「なんだ、まだ買わないのかい。ヴァイオリン一梃でなかなか人を引っ張るじゃないか」

「引っ張る訳じゃないんですが、どうも、まだ買えないんですから仕方がありません」

「なぜ」

「なぜって、まだ宵の口で人が大勢通るんですもの」

「構わんじゃないか、人が二百や三百通ったって、君はよっぽど妙な男だ」と主人はぷんぷんしている。

「ただの人なら千が二千でも構いませんがね、学校の生徒が腕まくりをして、大きなステッキを持って徘徊しているんだから容易に手を出せませんよ。中には沈殿党などと号して、いつまでもクラスの底に溜まって喜んでるのがありますからね。そんなのに限って柔道は強いのですよ。滅多にヴァイオリンなどに手出しは出来ません。どんな目に逢うかわかりません。私だってヴァイオリンは欲しいに相違ないですけれども、命はこれでも惜しいですからね。ヴァイオリンを弾いて殺されるよりも、弾かずに生きてる方が楽ですよ」

「それじゃ、とうとう買わずにやめたんだね」と主人が念を押す。

「いいえ、買ったのです」

「じれったい男だな。買うなら早く買うさ。いやならいやでいいから、早くかたをつけたらよさそうなものだ」

「えへへへへ、世の中の事はそう、こっちの思うように埒があくもんじゃありませんよ」と云いながら寒月君は冷然と「朝日」へ火をつけてふかし出した。

　主人は面倒になったと見えて、ついと立って書斎へ這入ったと思ったら、何だか古ぼけた洋書を一冊持ち出して来て、ごろりと腹這になって読み始めた。独仙君はいつの間にやら、床の間の前へ退去して、独りで碁石を並べて一人相撲をとっている。せっかくの逸話もあまり長くかかるので聴手が一人減り二人減って、残るは芸術に忠実なる東風君と、長い事にかつて辟易した事のない迷亭先生のみとなる。

長い煙をふうと世の中へ遠慮なく吹き出した寒月君は、やがて前同様の速度をもって談話をつづける。

「東風君、僕はその時こう思ったね。到底こりゃ宵の口は駄目だ、と云って真夜中に来れば金善は寝てしまうからなお駄目だ。何でも学校の生徒が散歩から帰りつくして、そうして金善がまだ寝ない時を見計らって来なければ、せっかくの計画が水泡に帰する。けれどもその時間をうまく見計うのがむずかしい」

「なるほどこりゃむずかしかろう」

「で僕はその時間をまあ十時頃と見積ったね。それで今から十時頃までどこかで暮さなければならない。うちへ帰って出直すのは大変だ。友達のうちへ話しに行くのは何だか気が咎めるようで面白くなし、仕方がないから相当の時間がくるまで市中を散歩する事にした。ところが平生ならば二時間や三時間はぶらぶらあるいているうちに、いつの間にか経ってしまうのだがその夜に限って、時間のたつのが遅いの何のって、――千秋の思とはあんな事を云うのだろうと、しみじみ感じました」とさも感じたらしい風をしてわざと迷亭先生の方を向く。

「古人を待つ身につらき置炬燵と云われた事があるからね、また待たるる身より待つ身はつらいともあって軒に吊られたヴァイオリンもつらかったろうが、あてのない探偵のようにうろうろ、まごついている君はなおさらつらいだろう。累々として喪家の犬のごとし。いや宿のない犬ほど気の毒なものは実際ないよ」

「犬は残酷ですね。犬に比較された事はこれでもまだありませんよ」

「僕は何だか君の話をきくと、昔しの芸術家の伝を読むような気持がして同情の念に堪えない。犬に比較したのは先生の冗談だから気に掛けずに話を進行したまえ」と東風君は慰藉した。慰藉されなくても寒月君は無論話をつづけるつもりである。

「それから徒町から百騎町を通って、両替町から鷹匠町へ出て、県庁の前で枯柳の数を勘定して病院の横で窓の灯を計算して、紺屋橋の上で巻煙草を二本ふかして、そうして時計を見た。……」

「十時になったかい」

「惜しい事にならないね。――紺屋橋を渡り切って川添に東へ上って行くと、按摩に三人あった。そうして犬がしきりに吠えましたよ先生……」

「秋の夜長に川端で犬の遠吠をきくのはちょっと芝居がかりだね。君は落人と云う格だ」

「何かわるい事でもしたんですか」

「これからしようと云うところさ」

「可哀相にヴァイオリンを買うのが悪い事じゃ、音楽学校の生徒はみんな罪人ですよ」

「人が認めない事をすれば、どんないい事をしても罪人さ、だから世の中に罪人ほどあてにならないものはない。耶蘇もあんな世に生れれば罪人さ。好男子寒月君もそんな所でヴァイオリンを買えば罪人さ」

「それじゃ負けて罪人としておきましょう。罪人はいいですが十時にならないのには弱りました」

「もう一返、町の名を勘定するさ。それで足りなければまた秋の日をかんかんさせるさ。それでもおっつかなければまた甘干しの渋柿を三ダースも食うさ。いつでも聞くから十時になるまでやりたまえ」

寒月先生はにやにやと笑った。

「そう先を越されては降参するよりほかはありません。それじゃ一足飛びに十時にしてしまいましょう。さて御約束の十時になって金善の前へ来て見ると、夜寒の頃ですから、さすが目貫の両替町もほとんど人通りが絶えて、向からくる下駄の音さえ淋しい心持ちです。金善ではもう大戸をたてて、わずかに潜り戸だけを障子にしています。私は何となく犬に尾(つ)けられたような心持で、障子をあけて這入るのに少々薄気味がわるかったです……」

この時主人はきたならしい本からちょっと眼をはずして、「おいもうヴァイオリンを買ったかい」と聞いた。「これから買うところです」と東風君が答えると「まだ買わないのか、実に永いな」と独り言のように云ってまた本を読み出した。独仙君は無言のまま、白と黒で碁盤を大半埋めてしまった。

「思い切って飛び込んで、頭巾を被ったたままヴァイオリンをくれと云いますと、火鉢の周囲に四五人小僧や若僧がかたまって話をしていたのが驚いて、申し合せたように私の顔を見ました。私は思わず右の手を挙げて頭巾をぐいと前の方に引きました。おいヴァイオリンをくれと二度目に云うと、一番前にいて、私の顔を覗き込むようにしていた小僧がへえと覚束ない返事をして、立ち上がって例の店先に吊るしてあったのを三四梃一度に卸して来ました。いくらかと聞くと五円二十銭だと云います……」

「おいそんな安いヴァイオリンがあるのかい。おもちゃじゃないか」

「みんな同価（どうね）かと聞くと、へえ、どれでも変りはございません。みんな丈夫に念を入れて拵らえてございますと云いますから、蝦蟇口のなかから五円札と銀貨を二十銭出して用意の大風呂敷を出してヴァイオリンを包みました。この間、店のものは話を中止してじっと私の顔を見ています。顔は頭巾でかくしてあるから分る気遣はないのですけれども何だか気がせいて一刻も早く往来へ出たくて堪りません。ようやくの事風呂敷包を外套の下へ入れて、店を出たら、番頭が声を揃えてありがとうと大きな声を出したのにはひやっとしました。往来へ出てちょっと見廻して見ると、幸誰もいないようですが、一丁ばかり向から二三人して町内中に響けとばかり詩吟をして来ます。こいつは大変だと金善の角を西へ折れて濠端を薬王寺道へ出て、はんの木村から庚申山の裾へ出てようやく下宿へ帰りました。下宿へ帰って見たらもう二時十分前でした」

「夜通しあるいていたようなものだね」と東風君が気の毒そうに云うと「やっと上がった。やれやれ長い道中双六だ」と迷亭君はほっと一と息ついた。

「これからが聞きどころですよ。今までは単に序幕です」

「まだあるのかい。こいつは容易な事じゃない。大抵のものは君に逢っちゃ根気負けをするね」

「根気はとにかく、ここでやめちゃ仏作って魂入れずと一般ですから、もう少し話します」

「話すのは無論随意さ。聞く事は聞くよ」

「どうです苦沙弥先生も御聞きになっては。もうヴァイオリンは買ってしまいましたよ。「ええ先生」

「こん度はヴァイオリンを売るところかい。売るところなんか聞かなくってもいい」

「まだ売るどこじゃありません」

「そんならなお聞かなくてもいい」

「どうも困るな、東風君、君だけだね、熱心に聞いてくれるのは。少し張合が抜けるがまあ仕方がない、ざっと話してしまおう」

「ざっとでなくてもいいから緩（ゆっ）くり話したまえ。大変面白い」

「ヴァイオリンはようやくの思で手に入れたが、

まず第一に困ったのは置き所だね。僕の所へは大分人が遊びにくるから滅多な所へぶらさげたり、立て懸けたりするとすぐ露見してしまう。穴を掘って埋めちゃ掘り出すのが面倒だろう」

「そうさ、天井裏へでも隠したかい」と東風君は気楽な事を云う。

「天井はないさ。百姓家だもの」

「そりゃ困ったろう。どこへ入れたい」

「どこへ入れたと思う」

「わからないね。戸袋のなかか」

「いいえ」

「夜具にくるんで戸棚へしまったか」

「いいえ」

東風君と寒月君はヴァイオリンの隠れ家についてかくのごとく問答をしているうちに、主人と迷亭君も何かしきりに話している。

「こりゃ何と読むのだい」と主人が聞く。

「どれ」

「この二行さ」

「何だって？　Quid aliud est mulier nisi amicitiae inimica……こりゃ君羅甸（ラテン）語じゃないか」

「羅甸語は分ってるが、何と読むのだい」

「だって君は平生羅甸語が読めると云ってるじゃないか」と迷亭君も危険だと見て取って、ちょっと逃げた。

「無論読めるさ。読める事は読めるが、こりゃ何だい」

「読める事は読めるが、こりゃ何だは手ひどいね」

「何でもいいからちょっと英語に訳して見ろ」

「見ろは烈しいね。まるで従卒のようだね」

「従卒でもいいから何だ」

「まあ羅甸語などはあとにして、ちょっと寒月君のご高話を拝聴仕ろうじゃないか。今大変なところだよ。いよいよ露見するか、しないか危機一髪と云う安宅の関へかかってるんだ。――ねえ寒月君それからどうしたい」と急に乗気になって、またヴァイオリンの仲間入りをする。主人は情けなくも取り残された。寒月君はこれに勢を得て隠し所を説明する。

「とうとう古つづらの中へ隠しました。このつづらは国を出る時御祖母さんが餞別にくれたものですが、何でも御祖母さんが嫁にくる時持って来たものだそうです」

「そいつは古物だね。ヴァイオリンとは少し調和しないようだ。ねえ東風君」

「ええ、ちと調和せんです」

「天井裏だって調和しないじゃないか」と寒月君は東風先生をやり込めた。

「調和はしないが、句にはなるよ、安心し給え。秋淋しつづらにかくすヴァイオリンはどうだい、両君」

「先生今日は大分俳句が出来ますすね」

「今日に限った事じゃない。いつでも腹の中で出来てるのさ。僕の俳句における造詣と云ったら、故子規子（しきし）も舌を捲いて驚ろいたくらいのものさ」

「先生、子規さんとは御つき合でしたか」と正直な東風君は真率な質問をかける。

「なにつき合わなくっても始終無線電信で肝胆相照らしていたもんだ」と無茶苦茶を云うので、東風先生あきれて黙ってしまった。寒月君は笑いながらまた進行する。

「それで置き所だけは出来た訳だが、今度は出すのに困った。ただ出すだけなら人目を掠めて眺めるくらいはやれん事はないが、眺めたばかりじゃ何にもならない。弾かなければ役に立たない。弾けば音が出る。出ればすぐ露見する。ちょうど木槿垣を一重隔てて南隣りは沈殿組の頭領が下宿しているんだから剣呑だあね」

「困るね」と東風君が気の毒そうに調子を合わせる。

「なるほど、こりゃ困る。論より証拠音が出るんだから、小督（こごう）の局も全くこれでしくじったんだからね。これがぬすみ食をするとか、贋札を造るとか云うなら、まだ始末がいいが、音曲は人に隠しちゃ出来ないものだからね」

「音さえ出なければどうでも出来るんですが……」

「ちょっと待った。音さえ出なけりゃと云うが、音が出なくても隠し了（おお）せないのがあるよ。昔し僕等が小石川の御寺で自炊をしている時分に鈴木の藤さんと云う人がいてね、この藤さんが大変味淋（みりん）がすきで、ビールの徳利へ味淋を買って来ては一人で楽しみに飲んでいたのさ。ある日藤さんが散歩に出たあとで、よせばいいのに苦沙弥君がちょっと盗んで飲んだところが……」

「おれが鈴木の味淋などをのむものか、飲んだのは君だぜ」と主人は突然大きな声を出した。

「おや本を読んでるから大丈夫かと思ったら、やはり聞いてるね。油断の出来ない男だ。耳も八丁、目も八丁とは君の事だ。なるほど云われて見ると僕も飲んだ。僕も飲んだには相違ないが、発覚したのは君の方だよ。——両君まあ聞きたまえ。苦沙弥先生元来酒は飲めないのだよ。ところを人の味淋だと思って一生懸命に飲んだものだから、さあ大変、顔中真赤にはれ上ってね。いやもう二目とは見られないありさまさ……」

「黙っていろ。羅甸語も読めない癖に」

「ハハハハ、それで藤さんが帰って来てビールの徳利をふって見ると、半分以上足りない。何でも誰か飲んだに相違ないと云うので見廻して見ると、大将隅の方に朱泥を練りかためた人形のようにかたくなっていらあね……」

三人は思わず哄然（こうぜん）と笑い出した。主人も本をよみながら、くすくすと笑った。独り独仙君に至っては機外の機を弄し過ぎて、少々疲労したと見えて、碁盤の上へのしかかって、いつの間にやら、ぐうぐう寝ている。

「まだ音がしないもので露見した事がある。僕が昔し姥子（うばこ）の温泉に行って、一人のじじいと相宿になった事がある。何でも東京の呉服屋の隠居か何かだったがね。まあ相宿だから呉服屋だろうが、古着屋だろうが構う事はないが、ただ困った事が一つ出来てしまった。と云うのは僕は姥子へ着いてから三日目に煙草を切らしてしまったのさ。諸君も知ってるだろうが、あの姥子と云うのは山の中の一軒屋でただ温泉に這入って飯を食うよりほかにどうもこうも仕様のない不便の所さ。そこで煙草を切らしたのだから御難だね。物はないとなるとなお欲しくなるもので、煙草がないなと思うやいなや、いつもそんなでないのが急に呑みたくなり出してね。意地のわるい事に、そのじじいが風呂敷に一杯煙草を用意して登山しているのさ。それを少しずつ出しては、人の前で胡坐をかいて呑みたいだろうと云わないばかりに、すぱすぱふかすのだね。ただふかすだけなら勘弁のしようもあるが、しまいには煙を輪に吹いて見たり、竪に吹いたり、横に吹いたり、乃至は邯鄲（かんたん）夢の枕と逆に吹いたり、または鼻から獅子の洞入り、洞返りに吹いたり。つまり呑みびらかすんだね……」

「何です、呑みびらかすと云うのは」

「衣装道具なら見せびらかすのだが、煙草だから呑みびらかすのさ」

「へえ、そんな苦しい思いをなさるより貰ったらいいでしょう」

「ところが貰わないね。僕も男子だ」

「へえ、貰っちゃいけないんですか」

「いけるかも知れないが、貰わないね」

「それでどうしました」

「貰わないで偸(ぬす)んだ」

「おやおや」

「奴さん手拭をぶらさげて湯に出掛けたから、呑むならここだと思って一心不乱立てつづけに呑んで、ああ愉快だと思う間もなく、障子ががらりとあいたから、おやと振り返ると煙草の持ち主さ」

「湯には這入らなかったのですか」

「這入ろうと思ったら巾着を忘れたのに気がついて、廊下から引き返したんだ。人が巾着でもとりゃしまいし第一それからが失敬さ」

「何とも云えませんね。煙草の御手際じゃ」

「ハハハハじじいもなかなか眼識があるよ。巾着はとにかくだが、じいさんが障子をあけると二日間の溜め呑みをやった煙草の煙りがむっとするほど室（へや）のなかに籠ってるじゃないか、悪事千里とはよく云ったものだね。たちまち露見してしまった」

「じいさん何とかいいましたか」

「さすが年の功だね、何にも言わずに巻煙草を五六十本半紙にくるんで、失礼ですが、こんな粗葉（そは）でよろしければどうぞお呑み下さいましと云って、また湯壺へ下りて行ったよ」

「そんなのが江戸趣味と云うのでしょうか」
「江戸趣味だか、呉服屋趣味だか知らないが、それから僕は爺さんと大に肝胆相照らして、二週間の間面白く逗留して帰って来たよ」
「煙草は二週間中爺さんの御馳走になったんですか」
「まあそんなところだね」
「もうヴァイオリンは片ついたかい」と主人はようやく本を伏せて、起き上りながらついに降参を申し込んだ。

「まだです。これからが面白いところです、ちょうどいい時ですから聞いて下さい。ついでにあの碁盤の上で昼寝をしている先生――何とか云いましたね、え、独仙先生、――独仙先生にも聞いていただきたいな。どうですあんなに寝ちゃ、からだに毒ですぜ。もう起してもいいでしょう」

「おい、独仙君、起きた起きた。面白い話がある。起きるんだよ。そう寝ちゃ毒だとさ。奥さんが心配だとさ」

「え」と云いながら顔を上げた独仙君の山羊髯を伝わって垂涎（よだれ）が一筋長々と流れて、蝸牛の這った跡のように歴然と光っている。

「ああ、眠かった。山上の白雲わが懶（ものう）きに似たりか。ああ、いい心持ちに寝たよ」

「寝たのはみんなが認めているのだがね。ちっと起きちゃどうだい」

「もう、起きてもいいね。何か面白い話があるかい」

「これからいよいよヴァイオリンを――どうするんだったかかな、苦沙弥君」

「どうするのかな、とんと見当がつかない」

「これからいよいよ弾くところです」

「これからいよいよヴァイオリンを弾くところだよ。こっちへ出て来て、聞きたまえ」

「まだヴァイオリンかい。困ったな」

「君は無絃の素琴を弾ずる連中だから困らない方

なんだが、寒月君のは、きいきいぴいぴい近所合壁（がっぺき）へ聞えるのだから大に困ってるところだ」

「そうかい。寒月君近所へ聞えないようにヴァイオリンを弾く方を知らんですか」

「知りませんね、あるなら伺いたいもので」

「伺わなくても露地の白牛を見ればすぐ分るはずだが」と、何だか通じない事を云う。寒月君はねぼけてあんな珍語を弄するのだろうと鑑定したから、わざと相手にならないで話頭を進めた。

「ようやくの事で一策を案出しました。あくる日は天長節だから、朝からうちにいて、つづらの蓋をとって見たり、かぶせて見たり一日そわそわして暮らしてしまいましたがいよいよ日が暮れて、つづらの底で蟀（こおろぎ）が鳴き出した時思い切って例のヴァイオリンと弓を取り出しました」

「いよいよ出たね」と東風君が云うと「滅多に弾くとあぶないよ」と迷亭君が注意した。

「まず弓を取って、切先から鍔元までしらべて見る……」

「下手な刀屋じゃあるまいし」と迷亭君が冷評した。

「実際これが自分の魂だと思うと、侍が研ぎ澄した名刀を、長夜の灯影で鞘払をする時のような心持ちがするものですよ。私は弓を持ったままぶるぶるとふるえました」

「全く天才だ」と云う東風君について「全く癲癇

だ」と迷亭君がつけた。主人は「早く弾いたらよかろう」と云う。独仙君は困ったものだと云う顔付をする。

「ありがたい事に弓は無難です。今度はヴァイオリンを同じくランプの傍へ引き付けて、裏表共よくしらべて見る。この間約五分間、つづらの底では始終蟀が鳴いていると思って下さい。……」

「何とでも思ってやるから安心して弾くがいい」

「まだ弾きゃしません。――幸いヴァイオリンも

疵がない。これなら大丈夫とぬっくと立ち上がる
……」

「どっかへ行くのかい」

「まあ少し黙って聞いて下さい。そう一句毎に邪
魔をされちゃ話が出来ない。……」

「おい諸君、だまるんだとさ。シーシー」

「しゃべるのは君だけだぜ」

「うん、そうか、これは失敬、謹聴謹聴」

「ヴァイオリンを小脇に抱(か)い込んで、草履を

突（つつ）かけたまま二三歩草の戸を出たが、まてしばし……」

「そらおいでなすった。何でも、どっかで停電するに違ないいと思った」

「もう帰ったって甘干しの柿はないぜ」

「そう諸先生が御まぜ返しになってははなはだ遺憾の至りだが、東風君一人を相手にするより致し方がない。――いいかね東風君、二三歩出たがまた引き返して、国を出るとき三円二十銭で買った赤毛布を頭から被ってね、ふっとランプを消すと君真暗闇になって今度は草履の所在地が判然しなくなった」

「一体どこへ行くんだい」

「まあ聞いてたまい。ようやくの事草履を見つけて、表へ出ると星月夜に柿落葉、赤毛布にヴァイオリン。右へ右へと爪先上りに庚申山へ差しかかってくると、東嶺寺の鐘がボーンと毛布を通して、耳を通して、頭の中へ響き渡った。何時だと思う、君」

「知らないね」

「九時だよ。これから秋の夜長をたった一人、山道八丁を大平と云う所まで登るのだが、平生なら臆病な僕の事だから、恐しくってたまらないところだけれども、一心不乱となると不思議なもので、怖いにも怖くないにも、毛頭そんな念はてんで心の中に起らないよ。ただヴァイオリンが弾きたいばかりで胸が一杯になってるんだから妙なものさ。この大平と云う所は庚申山の南側で天気のいい日に登って見ると赤松の間から城下が一目に見下せる眺望佳絶の平地で――そうさ広さはまあ百坪もあろうかね、真中に八畳敷ほどな一枚岩があって、北側は鵜の沼と云う池つづきで、池のまわりは三抱えもあろうと云う樟ばかりだ。山のなかだから、人の住んでる所は樟脳を採る小屋が一軒あるばかり、池の近辺は昼でもあまり心持ちのいい場所じゃない。幸い工兵が演習のため道を切り開いてくれたから、登るのに骨は折れない。ようやく一枚岩の上へ来て、毛布を敷いて、ともかくもその上へ坐った。こんな寒い晩に登ったのは始めてなんだから、岩の上へ坐って少し落ち着くと、あたりの淋しさが次第次第に腹の底へ沁み渡る。こう云う場合に人の心を乱すものはただ怖いと云う感じばかりだから、この感じさえ引き抜くと、余るところは皎々冽々（こうこうれつれつ）たる空霊の気だけになる。二十分ほど茫然（ぼうぜん）

としているうちに何だか水晶で造った御殿のなかに、たった一人住んでるような気になった。しかもその一人住んでる僕のからだが——いやからだばかりじゃない、心も魂もことごとく寒天か何かで製造されたごとく、不思議に透き徹ってしまって、自分が水晶の御殿の中にいるのだか、自分の腹の中に水晶の御殿があるのだか、わからなくなって来た……」

「飛んだ事になって来たね」と迷亭君が真面目に

からかうあとに付いて、独仙君が「面白い境界だ」と少しく感心したようすに見えた。

「もしこの状態が長くつづいたら、私はあすの朝まで、せっかくのヴァイオリンも弾かずに、茫(ぼん)やり一枚岩の上に坐ってたかも知れないです……」

「狐でもいる所かい」と東風君がきいた。

「こう云う具合で、自他の区別もなくなって、生きているか死んでいるか方角のつかない時に、突然後ろの古沼の奥でギャーと云う声がした。……」

「いよいよ出たね」

「その声が遠く反響を起して満山の秋の梢を、野分と共に渡ったと思ったら、はっと我に帰った……」

「やっと安心した」と迷亭君が胸を撫でおろす真似をする。

「大死一番乾坤新(けんこんあらた)なり」と独仙君は目くばせをする。寒月君にはちっとも通じない。

「それから、我に帰ってあたりを見廻わすと、庚申山一面はしんとして、雨垂れほどの音もしない。はてな今の音は何だろうと考えた。人の声にしては鋭すぎるし、鳥の声にしては大き過ぎるし、猿の声にしては――この辺によもや猿はおるまい。何だろう？　何だろうと云う問題が頭のなかに起ると、これを解釈しようと云うので今まで静まり返っていたやからが、紛然雑然糅然（じゅうぜん）としてあたかもコンノート殿下歓迎の当時における都人士狂乱の態度を以て脳裏をかけ廻る。そのうちに総身の毛穴が急にあいて、焼酎を吹きかけた毛脛のように、勇気、胆力、分別、沈着などと号するお客様がすうすうと蒸発して行く。心臓が肋骨の下でステテコを踊り出す。両足が紙鳶（たこ）のうなりのように震動をはじめる。これはたまらん。いきなり、毛布を頭からかぶって、ヴァイオリンを小脇に抱い込んでひょろひょろと一枚岩を飛び下りて、一目散に山道八丁を麓の方へかけ下りて、宿へ帰って布団へくるまって寝てしまった。今考えてもあんな気味のわるかった事はないよ、東風君」

「それから」

「それでおしまいさ」

「ヴァイオリンは弾かないのかい」

「弾きたくっても、弾かれないじゃないか。ギャーだもの。君だってきっと弾かれないよ」

「何だか君の話は物足りないような気がする」

「気がしても事実だよ。どうです先生」と寒月君は一座を見廻わして大得意のようすである。

「ハハハハこれは上出来。そこまで持って行くにはだいぶ苦心惨憺たるものがあったのだろう。僕は男子のサンドラ・ベロニが東方君子の邦(くに)に出現するところかと思って、今が今まで真面目に拝聴していたんだよ」と云った迷亭君は誰かサンドラ・ベロニの講釈でも聞くかと思のほか、何にも質問が出ないので「サンドラ・ベロニが月下に竪琴を弾いて、以太利亜風の歌を森の中でうたってるところは、君の庚申山へヴァイオリンをかかえて上るところと同曲にして異巧なるものだね。惜しい事に向うは月中の嫦娥(じょうが)を驚ろかし、君は古沼の怪狸におどろかされたので、際どいところで滑稽と崇高の大差を来たした。さぞ遺憾だろう」と一人で説明すると、

「そんなに遺憾ではありません」と寒月君は存外平気である。

「全体山の上でヴァイオリンを弾こうなんて、ハイカラをやるから、おどかされるんだ」と今度は主人が酷評を加えると、

「好漢この鬼窟裏（きくつり）に向って生計を営む。惜しい事だ」と独仙君は嘆息した。すべて独仙君の云う事は決して寒月君にわかったためしがない。寒月君ばかりではない、おそらく誰にでもわからないだろう。

「そりゃ、そうと寒月君、近頃でも矢張り学校へ

行って珠ばかり磨いてるのかね」と迷亭先生はしばらくして話頭を転じた。

「いえ、こないだうちから国へ帰省していたもんですから、暫時中止の姿です。珠ももうあきましたから、実はよそうかと思ってるんです」

「だって珠が磨けないと博士にはなれんぜ」と主人は少しく眉をひそめたが、本人は存外気楽で、

「博士ですか、エヘヘヘヘ。博士ならもうならなくってもいいんです」

「でも結婚が延びて、双方困るだろう」
「結婚って誰の結婚です」
「君のさ」
「私が誰と結婚するんです」
「金田の令嬢さ」
「へええ」
「へえって、あれほど約束があるじゃないか」
「約束なんかありゃしません、そんな事を言い触らすなあ、向うの勝手です」

「こいつは少し乱暴だ。ねえ迷亭、君もあの一件は知ってるだろう」

「あの一件た、鼻事件かい。あの事件なら、君と僕が知ってるばかりじゃない、公然の秘密として天下一般に知れ渡ってる。現に万潮（まんちょう）なぞでは花聟（はなむこ）花嫁と云う表題で両君の写真を紙上に掲ぐるの栄はいつだろう、いつだろうって、うるさく僕のところへ聞きにくるくらいだ。東風君なぞはすでに鴛鴦歌（えんおうか）と云う一大長篇を作って、三箇月前から待ってるんだが、寒月君が博士にならないばかりで、せっかくの傑作も宝の持ち腐れになりそうで心配でたまらないそうだ。ねえ、東風君そうだろう」

「まだ心配するほど持ちあつかってはいませんが、とにかく満腹の同情をこめた作を公けにするつもりです」

「それ見たまえ、君が博士になるかならないかで、四方八方へ飛んだ影響が及んでくるよ。少ししっかりして、珠を磨いてくれたまえ」

「へへへいろいろ御心配をかけて済みませんが、もう博士にはならないでもいいのです」

「なぜ」

「なぜって、私にはもう歴然とした女房があるんです」

「いや、こりゃえらい。いつの間に秘密結婚をやったのかね。油断のならない世の中だ。苦沙弥さんただ今御聞き及びの通り寒月君はすでに妻子があるんだとさ」

「子供はまだですよ。そう結婚して一と月もたたないうちに子供が生れちゃ事でさあ」

「元来いつどこで結婚したんだ」と主人は予審判事見たような質問をかける。

「いつって、国へ帰ったら、ちゃんと、うちで待ってたのです。今日先生の所へ持って来た、この鰹節は結婚祝に親類から貰ったんです」

「たった三本祝うのはけちだな」

「なに沢山のうちを三本だけ持って来たのです」

「じゃ御国の女だね、やっぱり色が黒いんだね」

「ええ、真黒です。ちょうど私には相当です」

「それで金田の方はどうする気だい」

「どうする気でもありません」

「そりゃ少し義理がわるかろう。ねえ迷亭」

「わるくもないさ。ほかへやりゃ同じ事だ。どうせ夫婦なんてものは闇の中で鉢合せをするようなものだ。要するに鉢合せをしないでもすむところをわざわざ鉢合せるんだから余計な事さ。すでに余計な事なら誰と誰の鉢が合ったって構いっこないよ。ただ気の毒なのは鴛鴦歌を作った東風君くらいなものさ」

「なに鴛鴦歌は都合によって、こちらへ向け易(か)えてもよろしゅうございます。金田家の結婚式にはまた別に作りますから」

「さすが詩人だけあって自由自在なものだね」

「金田の方へ断わったかい」と主人はまだ金田を

気にしている。
「いいえ。断わる訳がありません。私の方でくれとも、貰いたいとも、先方へ申し込んだ事はありませんから、黙っていれば沢山です。——なあに黙ってても沢山ですよ。今時分は探偵が十人も二十人もかかって一部始終残らず知れていますよ」
探偵と云う言語を聞いた、主人は、急に苦い顔をして
「ふん、そんなら黙っていろ」と申し渡したが、そ

れでも飽き足らなかったと見えて、なお探偵について下のような事をさも大議論のように述べられた。

「不用意の際に人の懐中を抜くのがスリで、不用意の際に人の胸中を釣るのが探偵だ。知らぬ間に雨戸をはずして人の所有品を偸むのが泥棒で、知らぬ間に口を滑らして人の心を読むのが探偵だ。ダンビラを畳の上へ刺して無理に人の金銭を着服するのが強盗で、おどし文句をいやに並べて人の意志を強(し)うるのが探偵だ。だから探偵と云う奴はスリ、泥棒、強盗の一族で到底人の風上に置けるものではない。そんな奴の云う事を聞くと癖になる。決して負けるな」

「なに大丈夫です、探偵の千人や二千人、風上に隊伍を整えて襲撃したって怖くはありません。珠磨りの名人理学士水島寒月でさあ」

「ひやひや見上げたものだ。さすが新婚学士ほどあって元気旺盛なものだね。しかし苦沙弥さん。

探偵がスリ、泥棒、強盗の同類なら、その探偵を使う金田君のごときものは何の同類だろう」

「熊坂長範（ちょうはん）くらいなものだろう」

「熊坂はよかったね。一つと見えたる長範が二つになってぞ失せにけりと云うが、あんな烏金（からすがね）で身代をつくった向横丁の長範なんかは業つく張りの、慾張り屋だから、いくつになっても失せる気遣はないぜ。あんな奴につかまったら因果だよ。生涯たたるよ、寒月君用心したまえ」

「なあに、いいですよ。ああら物々し盗人よ。手並はさきにも知りつらん。それにも懲りず打ち入るかって、ひどい目に合せてやりまさあ」と寒月君は自若として宝生流に気を吐いて見せる。

「探偵と云えば二十世紀の人間は大抵探偵のようになる傾向があるが、どう云う訳だろう」と独仙君は独仙君だけに時局問題には関係のない超然たる質問を呈出した。

「物価が高いせいでしょう」と寒月君が答える。

「芸術趣味を解しないからでしょう」と東風君が答える。

「人間に文明の角が生えて、金平糖のようにいらいらするからさ」と迷亭君が答える。

今度は主人の番である。主人はもったいない振った口調で、こんな議論を始めた。

「それは僕が大分考えた事だ。僕の解釈によると当世人の探偵的傾向は全く個人の自覚心の強過ぎるのが原因になっている。僕の自覚心と名づけるのは独仙君の方で云う、見性（けんしょう）成仏とか、自己は天地と同一体だとか云う悟道の類ではない。……」

「おや大分むずかしくなって来たようだ。苦沙弥君、君にしてそんな大議論を舌頭に弄する以上は、かく申す迷亭も憚りながら御あとで現代の文明に対する不平を堂々と云うよ」

「勝手に云うがいい、云う事もない癖に」

「ところがある。大にある。君なぞはせんだっては刑事巡査を神のごとく敬い、また今日は探偵をスリ泥棒に比し、まるで矛盾の変怪（へんげ）だが、僕などは終始一貫父母未生（みしょう）以前からただ今に至るまで、かつて自説を変じた事のない男だ」

「刑事は刑事だ。探偵は探偵だ。せんだってはせんだってで今日は今日だ。自説が変らないのは発達しない証拠だ。下愚は移らずと云うのは君の事だ。……」

「これはきびしい。探偵もそうまともにくると可愛いところがある」

「おれが探偵」

「探偵でないから、正直でいいと云うのだよ。喧嘩はおやめおやめ。さあ。その大議論のあとを拝聴しよう」

「今の人の自覚心と云うのは自己と他人の間に截然たる利害の鴻溝（こうこう）があると云う事を知り過ぎていると云う事だ。そうしてこの自覚心なるものは文明が進むにしたがって一日一日と鋭敏になって行くから、しまいには一挙手一投足も自然天然とは出来ないようになる。ヘンレーと云う人がスチーヴンソンを評して彼は鏡のかかった部屋に入って、鏡の前を通る毎に自己の影を写して見なければ気が済まぬほど瞬時も自己を忘るる事の出来ない人だと評したのは、よく今日の趨勢を言いあらわしている。寝てもおれ、覚めてもおれ、このおれが至るところにつけまつわっているから、人間の行為言動が人工的にコセつくばかり、自分で窮屈になるばかり、世の中が苦しくなるばかり、ちょうど見合をする若い男女の心持ちで朝から晩までくらさなければならない。悠々とか従容とか云う字は劃(かく)があって意味のない言葉になってしまう。この点において今代(きんだい)の人は探偵的である。泥棒的である。探偵は人の目を掠めて自分だけうまい事をしようと云う商売だから、勢(いきおい)自覚心が強くならなくては出来ん。泥棒も捕まるか、見つかるかと云う心配が念頭を離れる事がないから、勢自覚心が強くならざるを得ない。今の人はどうしたら己れの利になるか、損になるかと寝ても醒めても考えつづけだから、勢探偵泥棒と同じく自覚心が強くならざるを得ない。二六時中キョトキョト、コソコソして墓に入るまで一刻の安心も得ないのは今の人の心だ。文明の咒詛(じゅそ)だ。馬鹿馬鹿しい」

「なるほど面白い解釈だ」と独仙君が云い出した。

こんな問題になると独仙君はなかなか引込んでいない男である。「苦沙弥君の説明はよく我意を得ている。昔しの人は己れを忘れろと教えたものだ。今の人は己れを忘れるなと教えるからまるで違う。二六時中己れと云う意識をもって充満している。それだから二六時中太平の時はない。いつでも焦熱地獄だ。天下に何が薬だと云って己れを忘れるより薬な事はない。三更（さんこう）月下入無我（むがにいる）とはこの至境を咏（えい）じたものさ。今の人は親切をしても自然をかいている。英吉利（イギリス）のナイスなどと自慢する行為も存外自覚心が張り切れそうになっている。英国の天子が印度へ遊びに行って、印度の王族と食卓を共にした時に、その王族が天子の前とも心づかずに、つい自国の我流を出して馬鈴薯を手攫みで皿へとって、あとから真赤になって愧じ入ったら、天子は知らん顔をしてやはり二本指で馬鈴薯を皿へとったそうだ……」

「それが英吉利趣味ですか」これは寒月君の質問であった。

「僕はこんな話を聞いた」と主人が後をつける。

「やはり英国のある兵営で聯隊の士官が大勢して一人の下士官を御馳走した事がある。御馳走が済んで手を洗う水を硝子鉢へ入れて出したら、この下士官は宴会になれんと見えて、硝子鉢を口へあてて中の水をぐうと飲んでしまった。すると聯隊長が突然下士官の健康を祝すと云いながら、やはりフィンガー・ボールの水を一息に飲み干したそうだ。そこで並みいる士官も我劣らじと水盃を挙げて下士官の健康を祝したと云うぜ」

「こんな噺もあるよ」とだまってる事の嫌な迷亭君が云った。「カーライルが始めて女皇に謁した時、宮廷の礼に嫺（なら）わぬ変物の事だから、先生突然どうですと云いながら、どさりと椅子へ腰をおろした。ところが女皇の後ろに立っていた大勢の侍従や官女がみんなくすくす笑い出した――

出したのではない、出そうとしたのさ、すると女皇が後ろを向いて、ちょっと何か相図をしたら、多勢の侍従官女がいつの間にかみんな椅子へ腰をかけて、カーライルは面目を失わなかったと云うんだが随分御念の入った親切もあったもんだ」

「カーライルの事なら、みんなが立ってても平気だったかも知れませんよ」と寒月君が短評を試みた。

「親切の方の自覚心はまあいいがね」と独仙君は

進行する。「自覚心があるだけ親切をするにも骨が折れる訳になる。気の毒な事さ。文明が進むに従って殺伐の気がなくなる、個人と個人の交際がおだやかになるなどと普通云うが大間違いさ。こんなに自覚心が強くって、どうしておだやかになれるものか。なるほどちょっと見るとごくしずかで無事なようだが、御互の間は非常に苦しいのさ。ちょうど相撲が土俵の真中で四つに組んで動かないようなものだろう。はたから見ると平穏至極だが当人の腹は波を打っているじゃないか」

「喧嘩も昔しの喧嘩は暴力で圧迫するのだからかえって罪はなかったが、近頃じゃなかなか巧妙になってるからなおなお自覚心が増してくるんだね」と番が迷亭先生の頭の上に廻って来る。「ベーコンの言葉に自然の力に従って始めて自然に勝つとあるが、今の喧嘩は正にベーコンの格言通りに出来上ってるから不思議だ。ちょうど柔術のようなものさ。敵の力を利用して敵を斃す事を考える……」

「またはは水力電気のようなものですね。水の力に逆らわないでかえってこれを電力に変化して立派に役に立たせる……」と寒月君が言いかけると、独仙君がすぐそのあとを引き取った。「だから貧時には貧に縛せられ、富時には富に縛せられ、憂時には憂に縛せられ、喜時には喜に縛せられるのさ。才人は才に斃れ、智者は智に敗れ、苦沙弥君のような癇癪持ちは癇癪を利用さえすればすぐに飛び出して敵のぺてんに罹(かか)る……」

「ひやひや」と迷亭君が手をたたくと、苦沙弥君はにやにや笑いながら「これでなかなかそう甘くは行かないのだよ」と答えたら、みんな一度に笑い出した。

「時に金田のようなのは何で斃れるだろう」

「女房は鼻で斃れ、主人は因業で斃れ、子分は探偵で斃れか」

「娘は?」

「娘は――娘は見た事がないから何とも云えないが――まず着倒れか、食い倒れ、もしくは呑んだくれの類だろう。よもや恋い倒れにはなるまい。ことによると卒塔婆小町のように行き倒れになるかも知れない」

「それは少しひどい」と新体詩を捧げただけに東風君が異議を申し立てた。

「だから応無所住而生其心（おうむしょじゅうにしょうごしん）と云うのは大事な言葉だ、そう云う境界に至らんと人間は苦しくてならん」と独仙君しきりに独り悟ったような事を云う。

「そう威張るもんじゃないよ。君などはことによると電光影裏にさか倒れをやるかも知れないぜ」

「とにかくこの勢で文明が進んで行った日にや僕は生きてるのはいやだ」と主人がいい出した。

「遠慮はいらないから死ぬさ」と迷亭が言下に道破(どうは)する。

「死ぬのはなおいやだ」と主人がわからん強情を

張る。

「生れる時には誰も熟考して生れるものは有りませんが、死ぬ時には誰も苦にすると見えますね」と寒月君がよそよそしい格言をのべる。

「金を借りるときには何の気なしに借りるが、返す時にはみんな心配するのと同じ事さ」とこんな時にすぐ返事の出来るのは迷亭君である。

「借りた金を返す事を考えないものは幸福であるごとく、死ぬ事を苦にせんものは幸福さ」と独仙君は超然として出世間（しゅっせけん）的である。

「君のように云うとつまり図太いのが悟ったのだね」

「そうさ、禅語に鉄牛面の鉄牛心、牛鉄面の牛鉄心と云うのがある」

「そうして君はその標本と云う訳かね」

「そうでもない。しかし死ぬのを苦にするようになったのは神経衰弱と云う病気が発明されてから以後の事だよ」

「なるほど君などはどこから見ても神経衰弱以前の民だよ」

迷亭と独仙が妙な掛合をのべつにやっていると、主人は寒月東風二君を相手にしてしきりに文明の不平を述べている。

「どうして借りた金を返さずに済ますかが問題である」

「そんな問題はありませんよ。借りたものは返さなくちゃなりませんよ」

「まあさ。議論だから、だまって聞くがいい。どうして借りた金を返さずに済ますかが問題であるごとく、どうしたら死なずに済むかが問題である。否問題であった。錬金術はこれである。すべての錬金術は失敗した。人間はどうしても死ななければならん事が分明(ぶんみょう)になった」

「錬金術以前から分明ですよ」

「まあさ、議論だから、だまって聞いていろ。いいかい。どうしても死ななければならん事が分明になった時に第二の問題が起る」

「へえ」

「どうせ死ぬなら、どうして死んだらよかろう。これが第二の問題である。自殺クラブはこの第二の問題と共に起るべき運命を有している」

「なるほど」

「死ぬ事は苦しい、しかし死ぬ事が出来なければなお苦しい。神経衰弱の国民には生きている事が死よりもはなはだしき苦痛である。したがって死を苦にする。死ぬのが厭だから苦にするのではない、どうして死ぬのが一番よかろうと心配するのである。ただ大抵のものは智慧が足りないから自然のままに放擲（ほうてき）しておくうちに、世間がいじめ殺してくれる。しかし一と癖あるものは世間からなし崩しにいじめ殺されて満足するものではない。必ずや死に方に付いて種々考究の結果、嶄新（ざんしん）な名案を呈出するに違ない。だからして世界向後の趨勢は自殺者が増加して、その自殺者が皆独創的な方法をもってこの世を去るに違ない」

「大分物騒な事になりますね」

「なるよ。たしかになるよ。アーサー・ジョーンスと云う人のかいた脚本のなかにしきりに自殺を主張する哲学者があって……」

「自殺するんですか」

「ところが惜しい事にしないのだがね。しかし今から千年も立てばみんな実行するに相違ないよ。

万年の後には死と云えば自殺よりほかに存在しないもののように考えられるようになる」

「大変な事になりますね」

「なるよきっとなる。そうなると自殺も大分研究が積んで立派な科学になって、落雲館のような中学校で倫理の代りに自殺学を正科として授けるようになる」

「妙ですな、傍聴に出たいくらいのものですね。迷亭先生御聞きになりましたか。苦沙弥先生の御名論を」

「聞いたよ。その時分になると落雲館の倫理の先生はこう云うね。諸君公徳などと云う野蛮の遺風を墨守してはなりません。世界の青年として諸君が第一に注意すべき義務は自殺である。しかして己れの好むところはこれを人に施こして可なる訳だから、自殺を一歩展開して他殺にしてもよろしい。ことに表の窮措大（きゅうそだい）珍野苦沙弥氏のごときものは生きてござるのが大分苦痛のように見受けらるるから、一刻も早く殺して進ぜるのが諸君の義務である。もっとも昔と違って今日は開明の時節であるから槍、薙刀もしくは飛道具の類を用いるような卑怯な振舞をしてはなりません。ただあてこすりの高尚なる技術によって、からかい殺すのが本人のため功徳にもなり、また諸君の名誉にもなるのであります。……」

「なるほど面白い講義をしますね」

「まだ面白い事があるよ。現代では警察が人民の生命財産を保護するのを第一の目的としている。ところがその時分になると巡査が犬殺しのような棍棒をもって天下の公民を撲殺してあるく。……」

「なぜです」

「なぜって今の人間は生命が大事だから警察で保護するんだが、その時分の国民は生きてるのが苦痛だから、巡査が慈悲のために打ち殺してくれるのさ。もっとも少し気の利いたものは大概自殺してしまうから、巡査に打殺されるような奴はよくよく意気地なしか、自殺の能力のない白痴もしくは不具者に限るのさ。それで殺されたい人間は門口へ張札をしておくのだね。なにただ、殺されたい男ありとか女ありとか、はりつけておけば巡査が都合のいい時に巡ってきて、すぐ志望通り取計ってくれるのさ。死骸かね。死骸はやっぱり巡査が車を引いて拾ってあるくのさ。まだ面白い事が出来てくる。……」

「どうも先生の冗談は際限がありませんね」と東

風君は大に感心している。すると独仙君は例の通り山羊髯を気にしながら、のそのそ弁じ出した。

「冗談と云えば冗談だが、予言と云えば予言かも知れない。真理に徹底しないものは、とかく眼前の現象世界に束縛せられて泡沫の夢幻を永久の事実と認定したがるものだから、少し飛び離れた事を云うと、すぐ冗談にしてしまう」

「燕雀焉（えんじゃくいずく）んぞ大鵬の志を知らんやですね」と寒月君が恐れ入ると、独仙君はそうさと云わぬばかりの顔付で話を進める。

「昔しスペインにコルドヴァと云う所があった……」

「今でもありゃしないか」

「あるかも知れない。今昔の問題はとにかく、その風習として日暮れの鐘がお寺で鳴ると、家々の女がことごとく出て来て河へ這入って水泳をやる……」

「冬もやるんですか」

「その辺はたしかに知らんが、とにかく貴賤老若の別なく河へ飛び込む。但し男子は一人も交らない。ただ遠くから見ている。遠くから見ていると暮色蒼然たる波の上に、白い肌が模湖として動いている……」

「詩的ですね。新体詩になりますね。なんと云う所ですか」と東風君は裸体が出さえすれば前へ乗り出してくる。

「コルドヴァさ。そこで地方の若いものが、女といっしょに泳ぐ事も出来ず、さればと云って遠くから判然その姿を見る事も許されないのを残念に思って、ちょっといたずらをした……」

「へえ、どんな趣向だい」といたずらと聞いた迷亭君は大に嬉しがる。

「お寺の鐘つき番に賄賂を使って、日没を合図に撞く鐘を一時間前に鳴らした。すると女などは浅墓なものだから、そら鐘が鳴ったと云うので、めいめい河岸へあつまって半襦袢、半股引の服装でざぶりざぶりと水の中へ飛び込んだ。飛び込みはしたものの、いつもと違って日が暮れない」

「烈しい秋の日がかんかんしやしないか」

「橋の上を見ると男が大勢立って眺めている。恥ずかしいがどうする事も出来ない。大に赤面したそうだ」

「それで」

「それでさ、人間はただ眼前の習慣に迷わされて、根本の原理を忘れるものだから気をつけないと駄目だと云う事さ」

「なるほどありがたい御説教だ。眼前の習慣に迷わされの御話しを僕も一つやろうか。この間ある雑誌をよんだら、こう云う詐欺師の小説があった。僕がまあここで書画骨董店を開くとする。で店頭に大家の幅や、名人の道具類を並べておく。無論贋物じゃない、正直正銘、うそいつわりのない上等品ばかり並べておく。上等品だからみんな高価にきまってる。そこへ物数寄な御客さんが来て、この元信の幅はいくらだねと聞く。六百円なら六百円と僕が云うと、その客が欲しい事はほしいが、六百円では手元に持ち合せがないから、残念だがまあ見合せよう」

「そう云うときまってるかい」と主人は相変らず芝居気のない事を云う。迷亭君はぬからぬ顔で、

「まあさ、小説だよ。云うとしておくんだ。そこで僕がなに代は構いませんから、お気に入ったら持っていらっしゃいと云う。客はそうも行かない

からと躊躇する。それじゃ月賦でいただきましょう、月賦も細く、長く、どうせこれから御贔屓になるんですから——いえ、ちっとも御遠慮には及びません。どうです月に十円くらいじゃ。何なら月に五円でも構いませんと僕が極（ごく）きさくに云うんだ。それから僕と客の間に二三の問答があって、とど僕が狩野法眼（ほうげん）元信の幅を六百円ただし月賦十円払込の事で売渡す」

「タイムスの百科全書見たようですね」

「タイムスはたしかだが、僕のはすこぶる不慥(ふたしか)だよ。これからがいよいよ巧妙なる詐偽に取りかかるのだぜ。よく聞きたまえ月十円ずつで六百円なら何年で皆済になると思う、寒月君」

「無論五年でしょう」

「無論五年。で五年の歳月は長いと思うか短かいと思うか、独仙君」

「一念万年、万年一念。短かくもあり、短かくもなしだ」

「何だそりゃ道歌か、常識のない道歌だね。そこで五年の間毎月十円ずつ払うのだから、つまり先方では六十回払えばいいのだ。しかしそこが習慣の恐ろしいところで、六十回も同じ事を毎月繰返していると、六十一回にもやはり十円払う気になる。六十二回にも十円払う気になる。六十二回六十三回、回を重ねるにしたがってどうしても期日がくれば十円払わなくては気が済まないようになる。人間は利口のようだが、習慣に迷って、根本を忘れると云う大弱点がある。その弱点に乗じて僕が何度でも十円ずつ毎月得をするのさ」

「ハハハハまさか、それほど忘れっぽくもならないでしょう」と寒月君が笑うと、主人はいささか真面目で、

「いやそう云う事は全くあるよ。僕は大学の貸費(たいひ)を毎月毎月勘定せずに返して、しまいに向から断わられた事がある」と自分の恥を人間一般の恥のように公言した。

「そら、そう云う人が現にここにいるからたしかなものだ。だから僕の先刻述べた文明の未来記を聞いて冗談だなどと笑うものは、六十回でいい月賦を生涯払って正当だと考える連中だ。ことに寒月君や、東風君のような経験の乏しい青年諸君は、よく僕らの云う事を聞いてだまされないようにしなくっちゃいけない」

「かしこまりました。月賦は必ず六十回限りの事に致します」

「いや冗談のようだが、実際参考になる話ですよ、寒月君」と独仙君は寒月君に向いだした。「たとえばですね。今苦沙弥君か迷亭君が、君が無断で結婚したのが穏当でないから、金田とか云う人に謝罪しろと忠告したら君どうです。謝罪する了見ですか」

「謝罪は御容赦にあずかりたいですね。向うがあやまるなら特別、私の方ではそんな慾はありません」

「警察が君にあやまれと命じたらどうです」

「なおなお御免蒙ります」

「大臣とか華族ならどうです」

「いよいよもって御免蒙ります」

「それ見たまえ。昔と今とは人間がそれだけ変ってる。昔は御上の御威光なら何でも出来た時代です。その次には御上の御威光でも出来ないものが出来てくる時代です。今の世はいかに殿下でも閣下でも、ある程度以上に個人の人格の上にのしかかる事が出来ない世の中です。はげしく云えば先方に権力があればあるほど、のしかかられるもののの方では不愉快を感じて反抗する世の中です。だから今の世は昔しと違って、御上の御威光だから出来ないのだと云う新現象のあらわれる時代です、昔しのものから考えると、ほとんど考えられないくらいな事柄が道理で通る世の中です。世態人情の変遷と云うものは実に不思議なもので、迷亭君の未来記も冗談だと云えば冗談に過ぎないのだが、その辺の消息を説明したものとすれば、なかなか味があるじゃないですか」

「そう云う知己が出てくると是非未来記の続きが述べたくなるね。独仙君の御説のごとく今の世に御上の御威光を笠にきたり、竹槍の二三百本を恃（たのみ）にして無理を押し通そうとするのは、ちょうどカゴへ乗って何でも蚊でも汽車と競争しようとあせる、時代後れの頑物（がんぶつ）――まあわからずやの張本（ちょうほん）、烏金（からすがね）の長範先生くらいのものだから、黙って御手際を拝見していればいいが――僕の未来記はそんな当座間に合せの小問題じゃない。人間全体の運命に関する社会的現象だからね。つらつら目下文明の傾向を達観して、遠き将来の趨勢をトすると結婚が不可能の事になる。驚ろくなかれ、結婚の不可能。訳はこうさ。前申す通り今の世は個性中心の世である。一家を主人が代表し、一郡を代官が代表し、一国を領主が代表した時分には、代表者以外の人間には人格はまるでなかった。あっても認められなかった。それががらりと変ると、あらゆる生存者がことごとく個性を主張し出して、だれを見ても君は君、僕は僕だよと云わぬばかりの風をするようになる。ふたりの人が途中で逢えばうぬが人間なら、おれも人間だぞと心の中で喧嘩を買いながら行き違う。それだけ個人が強くなった。個人が平等に強くなったから、個人が平等に弱くなった訳になる。人がおのれを害する事が出来にくくなった点において、たしかに自分は強くなったのだが、滅多に人の身の上に手出しがならなくなった点においては、明かに昔より弱くなったんだろう。強くなるのは嬉しいが、弱くなるのは誰もありがたくないから、人から一毫（いちごう）も犯されまいと、強い点をあくまで固守すると同時に、せめて半毛（はんもう）でも人を侵してやろうと、弱いところは無理にも拡げたくなる。こうなると人と人の間に空間がなくなって、生きてるのが窮屈になる。出来るだけ自分を張りつめて、はち切れるばかりにふくれ返って苦しがって生存している。苦しいから色々の方法で個人と個人との間に余裕を求める。かくのごとく人間が自業自得で苦しんで、その苦し紛れに案出した第一の方案は親子別居の制さ。日本でも山の中へ這入って見給え。一家一門ことごとく一軒のうちにごろごろしている。主張すべき個性もなく、あっても主張しないから、あれで済むのだが文明の民はたとい親子の間でもお互に我儘を張れるだけ張らなければ損になるから勢い両者の安全を保持するためには別居しなければならない。欧洲は文明が進んでいるから日本より早くこの制度が行われている。たまたま親子同居するものがあっても、息子がおやじから利息のつく金を借りたり、他人のように下宿料を払ったりする。親が息子の個性を認めてこれに尊敬を払えばこそ、こんな美風が成立するのだ。この風は早晩日本へも是非輸入しなければならん。親類はとくに離れ、親子は今日に離れて、やっと我慢しているようなものの個性の発展と、発展につれてこれに対する尊敬の念は無制限にのびて行くから、まだ離れなくては楽が出来ない。しかし親子兄弟の離れたる今日、もう離れるものはない訳だから、最後の方案として夫婦が分れる事になる。今の人の考ではいっしょにいるから夫婦だと思ってる。それが大きな了見違いさ。いっしょにいるためにはいっしょにいるに充分なるだけ個性が合わなければならないだろう。昔しなら文句はないさ、異体同心とか云って、目には夫婦二人に見えるが、内実は一人前なんだからね。それだから偕老同穴とか号して、死んでも一つ穴の狸に化ける。野蛮なものさ。今はそうは行かないやね。夫はあくまでも夫で妻はどうしたって妻だからね。その妻が女学校で行灯袴を穿いて牢乎（ろうこ）たる個性を鍛え上げて、束髪姿で乗り込んでくるんだから、とても夫の思う通りになる訳がない。また夫の思い通りになるような妻なら妻じゃない人形だからね。賢夫人になればなるほど個性は凄いほど発達する。発達すればするほど夫と合わなくなる。合わなければ自然の勢夫と衝突する。だから賢妻と名がつく以上は朝から晩まで夫と衝突している。まことに結構な事だが、賢妻を迎えれば迎えるほど双方共苦しみの程度が増してくる。水と油のように夫婦の間には截然たるしきりがあって、それも落ちついて、しきりが水平線を保っていればまだしもだが、水と油が双方から働らきかけるのだから家のなかは大地震のように上がったり下がったりする。ここにおいて夫婦雑居はお互の損だと云う事が次第に人間に分ってくる。……」

「それで夫婦がわかれるんですか。心配だな」と寒月君が云った。

「わかれる。きっとわかれる。天下の夫婦はみんな分れる。今まではいっしょにいたのが夫婦であったが、これからは同棲しているものは夫婦の資格がないように世間から目されてくる」

「すると私なぞは資格のない組へ編入される訳ですね」と寒月君は際どいところでのろけを云った。

「明治の御代に生れて幸さ。僕などは未来記を作るだけあって、頭脳が時勢より一二歩ずつ前へ出ているからちゃんと今から独身でいるんだよ。人は失恋の結果だなどと騒ぐが、近眼者の視るところは実に憐れなほど浅薄なものだ。それはとにかく、未来記の続きを話すとこうさ。その時一人の哲学者が天降って破天荒の真理を唱道する。その説に曰くさ。人間は個性の動物である。個性を滅すれば人間を滅すると同結果に陥る。いやしくも人間の意義を完（まった）からしめんためには、いかなる価を払うとも構わないからこの個性を保持すると同時に発達せしめなければならん。かの陋習（ろうしゅう）に縛せられて、いやいやながら結婚を執行するのは人間自然の傾向に反した蛮風であって、個性の発達せざる蒙昧の時代はいざ知らず、文明の今日なおこの弊竇（へいとう）に陥って恬として顧みないのははなはだしき謬見である。開化の高潮度に達せる今代において二個の個性が普通以上に親密の程度をもって連結され得べき理由のあるべきはずがない。この覯易（みやすき）き理由はあるにも関らず無教育の青年男女が一時の劣情に駆られて、漫（みだり）に合卺（ごうきん）の式を挙ぐるは悖徳没倫（はいとくぼつりん）のはなはだしき所為である。吾人は人道のため、文明のため、彼等青年男女の個性保護のため、全力を挙げこの蛮風に抵抗せざるべからず……」

「先生私はその説には全然反対です」と東風君はこの時思い切った調子でぴたりと平手で膝頭を叩いた。「私の考では世の中に何が尊いと云って愛と美ほど尊いものはないと思います。吾々を慰藉し、吾々を完全にし、吾々を幸福にするのは全く両者の御蔭であります。吾人の情操を優美にし、品性を高潔にし、同情を洗錬するのは全く両者の御蔭であります。だから吾人はいつの世いずくに生れてもこの二つのものを忘れることが出来ないです。この二つの者が現実世界にあらわれると、愛は夫婦と云う関係になります。美は詩歌、音楽の形式に分れます。それだからいやしくも人類の地球の表面に存在する限りは夫婦と芸術は決して滅する事はなかろうと思います」

「なければ結構だが、今哲学者が云った通りちゃんと滅してしまうから仕方がないと、あきらめるさ。なに芸術だ？　芸術だって夫婦と同じ運命に帰着するのさ。個性の発展というのは個性の自由と云う意味だろう。個性の自由と云う意味はおれはおれ、人は人と云う意味だろう。その芸術なんか存在出来る訳がないじゃないか。芸術が繁昌するのは芸術家と享受者の間に個性の一致があるからだろう。君がいくら新体詩家だって踏張っても、君の詩を読んで面白いと云うものが一人もなくっちゃ、君の新体詩も御気の毒だが君よりほかに読み手はなくなる訳だろう。鴛鴦歌をいく篇作ったって始まらないやね。幸いに明治の今日に生れたから、天下が挙って愛読するのだろうが……」

「いえそれほどでもありません」

「今でさえそれほどでなければ、人文の発達した未来即ち例の一大哲学者が出て非結婚論を主張する時分には誰もよみ手はなくなるぜ。いや君のだから読まないのじゃない。人々個々おのおの特別の個性をもってるから、人の作った詩文などは一向面白くないのさ。現に今でも英国などではこの傾向がちゃんとあらわれている。現今英国の小説家中でもっとも個性のいちじるしい作品にあらわれた、メレジスを見給え、ジェームスを見給え。読み手は極めて少ないじゃないか。少ない訳さ。あんな作品はあんな個性のある人でなければ読んで面白くないんだから仕方がない。この傾向がだんだん発達して婚姻が不道徳になる時分には芸術も完く滅亡さ。そうだろう君のかいたものは僕にわからなくなる、僕のかいたものは君にわからなくなった日にゃ、君と僕の間には芸術も糞もないじゃないか」

「そりゃそうですけれども私はどうも直覚的にそう思われないんです」

「君が直覚的にそう思われなければ、僕は曲覚（きょっかく）的にそう思うまでさ」

「曲覚的かも知れないが」と今度は独仙君が口を

出す。「とにかく人間に個性の自由を許せば許すほど御互の間が窮屈になるに相違ないよ。ニーチェが超人なんか担ぎ出すのも全くこの窮屈のやりどころがなくなって仕方なしにあんな哲学に変形したものだね。ちょっと見るとあれがあの男の理想のように見えるが、ありゃ理想じゃない、不平さ。個性の発展した十九世紀にすくんで、隣りの人には心置なく滅多に寝返りも打てないから、大将少しやけになってあんな乱暴をかき散らしたのだね。あれを読むと壮快と云うよりむしろ気の毒になる。あの声は勇猛精進の声じゃない、どうしても怨恨痛憤の音だ。それもそのはずさ昔は一人えらい人があれば天下翕然（きゅうぜん）としてその旗下にあつまるのだから、愉快なものさ。こんな愉快が事実に出てくれば何もニーチェ見たように筆と紙の力でこれを書物の上にあらわす必要がない。だからホーマーでもチェヴィ・チェーズでも同じく超人的な性格を写しても感じがまるで違うからね。陽気ださ。愉快にかいてある。愉快な事実があって、この愉快な事実を紙に写しかえたのだから、苦味はないはずだ。ニーチェの時代はそうは行かないよ。英雄なんか一人も出やしない。出たって誰も英雄と立てやしない。昔は孔子がたった一人だったから、孔子も幅を利かしたのだが、今は孔子が幾人もいる。ことによると天下がことごとく孔子かも知れない。だからおれは孔子だよと威張っても圧（おし）が利かない。利かないから不平だ。不平だから超人などを書物の上だけで振り廻すのさ。吾人は自由を欲して自由を得た。自由を得た結果不自由を感じて困っている。それだから西洋の文明などはちょっといいようでもつまり駄目なものさ。これに反して東洋じゃ昔しから心の修行をした。その方が正しいのさ。見給え個性発展の結果みんな神経衰弱を起して、始末がつかなくなった時、王者の民蕩々（とうとう）たりと云う句の価値を始めて発見するから。無為にして化すと云う語の馬鹿に出来ない事を悟るから。しかし悟ったってその時はもうしようがない。アルコール中毒に罹って、ああ酒を飲まなければよかったと考えるようなものさ」

「先生方は大分厭世的な御説のようだが、私は妙ですね。いろいろ伺っても何とも感じません。どう云うものでしょう」と寒月君が云う。

「そりゃ妻君を持ち立てだからさ」と迷亭君がすぐ解釈した。すると主人が突然こんな事を云い出した。
「妻を持って、女はいいものだなどと思うと飛んだ間違になる。参考のためだから、おれが面白い物を読んで聞かせる。よく聴くがいい」と最前書斎から持って来た古い本を取り上げて「この本は古い本だが、この時代から女のわるい事は歴然と分ってる」と云うと、寒月君が
「少し驚きましたな。元来いつ頃の本ですか」と聞く。「タマス・ナッシと云って十六世紀の著書だ」

「いよいよ驚ろいた。その時分すでに私の妻の悪口を云ったものがあるんですか」

「いろいろ女の悪口があるが、その内には是非君の妻も這入る訳だから聞くがいい」

「ええ聞きますよ。ありがたい事になりましたね」

「まず古来の賢哲が女性観を紹介すべしと書いてある。いいかね。聞いてるかね」

「みんな聞いてるよ。独身の僕まで聞いてるよ」

「アリストートル曰く女はどうせ碌でなしなれ

ば、嫁をとるなら、大きな嫁より小さな嫁をとるべし。大きな碌でなしより、小さな碌でなしの方が災少なし……」

「寒月君の妻君は大きいかい、小さいかい」

「大きな碌でなしの部ですよ」

「ハハハハ、こりゃ面白い本だ。さああとを読んだ」

「或る人問う、いかなるかこれ最大奇蹟。賢者答えて曰く、貞婦……」

「賢者ってだれですか」

「名前は書いてない」

「どうせ振られた賢者に相違ないね」

「次にはダイオジニスが出ている。或る人問う、妻を娶るいずれの時においてすべきか。ダイオジニス答えて曰く青年は未だし、老年はすでに遅し。とある」

「先生樽の中で考えたね」

「ピサゴラス曰く天下に三の恐るべきものあり曰

く火、曰く水、曰く女」

「希臘（ギリシャ）の哲学者などは存外迂闊な事を云うものだね。僕に云わせると天下に恐るべきものなし。火に入って焼けず、水に入って溺れず……」だけで独仙君ちょっと行き詰る。

「女に逢ってとろけずだろう」と迷亭先生が援兵に出る。主人はさっさとあとを読む。

「ソクラチスは婦女子を御するは人間の最大難事と云えり。デモスセニス曰く人もしその敵を苦しめんとせば、わが女を敵に与うるより策の得たるはあらず。家庭の風波に日となく夜となく彼を困憊起つあたわざるに至らしむるを得ればなりと。セネカは婦女と無学をもって世界における二大厄とし、マーカス・オーレリアスは女子は制御し難き点において船舶に似たりと云い、プロータスは女子が綺羅を飾るの性癖をもってその天禀の醜を蔽うの陋策（ろうさく）にもとづくものとせり。ヴァレリアスかつて書をその友某におくって告げて曰く天下に何事も女子の忍んでなし得ざるものあらず。願わくは皇天憐を垂れて、君をして彼等の術中に陥らしむるなかれと。彼また曰く女子とは何ぞ。友愛の敵にあらずや。避くべからざる苦しみにあらずや、必然の害にあらずや、自然の誘惑にあらずや、蜜に似たる毒にあらずや。もし女子を棄つるが不徳ならば、彼等を棄てざるは一層の呵責と云わざるべからず。……」

「もう沢山です、先生。そのくらい愚妻のわる口を拝聴すれば申し分はありません」

「まだ四五ページあるから、ついでに聞いたらどうだ」

「もう大抵にするがいい。もう奥方の御帰りの刻限だろう」と迷亭先生がからかい掛けると、茶の間の方で

「清や、清や」と細君が下女を呼ぶ声がする。

「こいつは大変だ。奥方はちゃんといるぜ、君」

「ウフフフフ」と主人は笑いながら「構うものか」

と云った。

「奥さん、奥さん。いつの間に御帰りですか」

茶の間ではしんとして答がない。

「奥さん、今のを聞いたんですか。え？」

答はまだない。

「今のはね、御主人の御考ではないですよ。十六世紀のナッシ君の説ですから御安心なさい」

「存じません」と妻君は遠くで簡単な返事をした。

寒月君はくすくすと笑った。

「私も存じませんで失礼しましたアハハハハ」と迷亭君は遠慮なく笑ってると、門口をあらあらしくあけて、頼むとも、御免とも云わず、大きな足音がしたと思ったら、座敷の唐紙が乱暴にあいて、多々良三平君の顔がその間からあらわれた。

三平君今日はいつに似ず、真白なシャツに卸立てのフロックを着て、すでに幾分か相場を狂わせてる上へ、右の手へ重そうに下げた四本の麦酒を縄ぐるみ、鰹節の傍へ置くと同時に挨拶もせず、どっかと腰を下ろして、かつ膝を崩したのは目覚しい武者振である。

「先生胃病は近来いいですか。こうやって、うちにばかりいなさるから、いかんたい」

「まだ悪いとも何ともいやしない」

「いわんばってんが、顔色はよかなかごたる。先生顔色が黄ですばい。近頃は釣がいいです。品川から舟を一艘雇うて――私はこの前の日曜に行きました」

「何か釣れたかい」

「何も釣れません」

「釣れなくっても面白いのかい」

「浩然の気を養うたい、あなた。どうですあなたがた。釣に行った事がありますか。面白いですよ釣は。大きな海の上を小舟で乗り廻わしてあるくのですからね」と誰彼の容赦なく話しかける。

「僕は小さな海の上を大船で乗り廻してあるきたいんだ」と迷亭君が相手になる。

「どうせ釣るなら、鯨か人魚でも釣らなくっちゃ、詰らないです」と寒月君が答えた。

「そんなものが釣れますか。文学者は常識がないですね。……」

「僕は文学者じゃありません」

「そうですか、何ですかあなたは。私のようなビジネス・マンになると常識が一番大切ですからね。先生私は近来よっぽど常識に富んで来ました。どうしてもあんな所にいると、傍（はた）が傍だから、おのずから、そうなってしまうです」

「どうなってしまうのだ」

「煙草でもですね、朝日や、敷島をふかしていては幅が利かんです」と云いながら、吸口に金箔のついた埃及（エジプト）煙草を出して、すぱすぱ吸い出した、

「そんな贅沢をする金があるのかい」

「金はなかばってんが、今にどうかなるたい。この煙草を吸ってると、大変信用が違います」

「寒月君が珠を磨くよりも楽な信用でいい、手数がかからない。軽便信用だね」と迷亭が寒月にいうと、寒月が何とも答えない間に、三平君は

「あなたが寒月さんですか。博士にゃ、とうとうならんですか。あなたが博士にならんものだから、私が貰う事にしました」

「博士をですか」

「いいえ、金田家の令嬢をです。実は御気の毒と思うたですたい。しかし先方で是非貰うてくれ貰

うてくれと云うから、とうとう貰う事に極めました、先生。しかし寒月さんに義理がわるいと思って心配しています」
「どうか御遠慮なく」と寒月君が云うと、主人は
「貰いたければ貰ったら、いいだろう」と曖昧な返事をする。
「そいつはおめでたい話だ。だからどんな娘を持っても心配するがものはないんだよ。だれか貰うと、さっき僕が云った通り、ちゃんとこんな立派

な紳士の御聟さんが出来たじゃないか。東風君新体詩の種が出来た。早速とりかかりたまえ」と迷亭君が例のごとく調子づくと三平君は

「あなたが東風君ですか、結婚の時に何か作ってくれませんか。すぐ活版にして方々へくばります。太陽へも出してもらいます」

「ええ何か作りましょう、いつ頃御入用ですか」

「いつでもいいです。今まで作ったうちでもいいです。その代りです。披露のとき呼んで御馳走す

るです。シャンパンを飲ませるです。君シャンパンを飲んだ事がありますか。シャンパンは旨いです。――先生披露会のときに楽隊を呼ぶつもりですが、東風君の作を譜にして奏したらどうでしょう」

「勝手にするがいい」

「先生、譜にして下さらんか」

「馬鹿云え」

「だれか、このうちに音楽の出来るものはおらんですか」

「落第の候補者寒月君はヴァイオリンの妙手だよ。しっかり頼んで見たまえ。しかしシャンパンくらいじゃ承知しそうもない男だ」

「シャンパンもですね。一瓶四円や五円のじゃよくないです。私の御馳走するのはそんな安いのじゃないですが、君一つ譜を作ってくれませんか」

「ええ作りますとも、一瓶二十銭のシャンパンでも作ります。なんならただでも作ります」

「ただは頼みません、御礼はするです。シャンパンがいやなら、こう云う御礼はどうです」と云いながら上着の隠袋（かくし）のなかから七八枚の写真を出してばらばらと畳の上へ落す。半身がある。全身がある。立ってるのがある。坐ってるのがある。袴を穿いてるがある。振袖がある。高島田がある。ことごとく妙齢の女子ばかりである。

「先生候補者がこれだけあるです。寒月君と東風君にこのうちどれか御礼に周旋してもいいです。

こりゃどうです」と一枚寒月君につき付ける。

「いいですね。是非周旋を願いましょう」

「これでもいいですか」とまた一枚つきつける。

「それもいいですね。是非周旋して下さい」

「どれをです」

「どれでもいいです」

「君なかなか多情ですね。先生、これは博士の姪です」

「そうか」

「この方は性質が極いいです。年も若いです。これで十七です。――これなら持参金が千円あります。――こっちのは知事の娘です」と一人で弁じ立てる。

「それをみんな貰う訳にゃいかないでしょうか」

「みんなですか、それはあまり慾張りたい。君一夫多妻主義ですか」

「多妻主義じゃないですが、肉食論者です」

「何でもいいから、そんなものは早くしまったら、

よかろう」と主人は叱りつけるように言い放ったので、三平君は
「それじゃ、どれも貰わんですね」と念を押しながら、写真を一枚一枚にポッケットへ収めた。

「何だいそのビールは」

「お見やげでござります。前祝に角の酒屋で買うて来ました。一つ飲んで下さい」

主人は手を拍って下女を呼んで栓を抜かせる。

主人、迷亭、独仙、寒月、東風の五君は恭しくコ

ップを捧げて、三平君の艶福を祝した。三平君は大に愉快な様子で

「ここにいる諸君を披露会に招待しますが、みんな出てくれますか、出てくれるでしょうね」と云う。

「おれはいやだ」と主人はすぐ答える。

「なぜですか。私の一生に一度の大礼ですばい。出てくんなさらんか。少し不人情のごたるな」

「不人情じゃないが、おれは出ないよ」

「着物がないですか。羽織と袴くらいどうでもしますたい。ちと人中へも出るがよかたい先生。有名な人に紹介して上げます」

「真平ご免だ」

「胃病が癒（なお）りますばい」

「癒らんでも差支えない」

「そげん頑固張りなさるならやむを得ません。あなたはどうですす来てくれますか」

「僕かね、是非行くよ。出来るなら媒酌人たるの栄を得たいくらいのものだ。シャンパンの三々九度や春の宵。——なに仲人は鈴木の藤さんだって？なるほどそこいらだろうと思った。これは残念だが仕方がない。仲人が二人出来ても多過ぎるだろう、ただの人間としてまさに出席するよ」

「あなたはどうです」

「僕ですか、一竿風月閑生計（いっかんのふうげつかんせいけい）、人釣白蘋紅蓼間（ひとはつりすはくひんこうりょうのかん）」

「何ですかそれは、唐詩選ですか」

「何だかわからんです」

「わからんですか、困りますな。寒月君は出てくれるでしょうね。今までの関係もあるから」

「きっと出る事にします、僕の作った曲を楽隊が奏するのを、きき落すのは残念ですからね」

「そうですとも。君はどうです東風君」

「そうですね。出て御両人の前で新体詩を朗読したいです」

「そりゃ愉快だ。先生私は生れてから、こんな愉快な事はないです。だからもう一杯ビールを飲みます」と自分で買って来たビールを一人でぐいぐい飲んで真赤になった。

短かい秋の日はようやく暮れて、巻煙草の死骸が算を乱す火鉢のなかを見れば火はとくの昔に消えている。さすが呑気の連中も少しく興が尽きたと見えて、「大分遅くなった。もう帰ろうか」とまず独仙君が立ち上がる。つづいて「僕も帰る」と口々に玄関に出る。寄席がはねたあとのように座敷は淋しくなった。

主人は夕飯をすまして書斎に入る。妻君は肌寒の襦袢の襟をかき合せて、洗い晒しの不断着を縫う。小供は枕を並べて寝る。下女は湯に行った。

呑気と見える人々も、心の底を叩いて見ると、どこか悲しい音がする。悟ったようでも独仙君の足はやはり地面のほかは踏まぬ。気楽かも知れないが迷亭君の世の中は絵にかいた世の中ではない。

寒月君は珠磨りをやめてとうとうお国から奥さんを連れて来た。これが順当だ。しかし順当が永く続くと定めし退屈だろう。東風君も今十年したら、無暗に新体詩を捧げる事の非を悟るだろう。三平君に至っては水に住む人か、山に住む人かちと鑑定がむずかしい。生涯三鞭酒（シャンパン）を御馳走して得意と思う事が出来れば結構だ。鈴木の藤さんはどこまでも転がって行く。転がれば泥がつく。泥がついても転がれぬものよりも幅が利く。猫と生れて人の世に住む事もはや二年越しになる。自分ではこれほどの見識家はまたとあるまいと思うていたが、先達てカーテル・ムルと云う見ず知らずの同族が突然大気燄（だいきえん）を揚げたので、ちょっと吃驚した。よくよく聞いて見たら、実は百年前に死んだのだが、ふとした好奇心からわざと幽霊になって吾輩を驚かせるために、遠い冥土から出張したのだそうだ。この猫は母と対面をするとき、挨拶のしるしとして、一匹の肴を啣えて出掛けたところ、途中でとうとう我慢がし切れなくなって、自分で食ってしまったと云うほどの不孝ものだけあって、才気もなかなか人間に負けぬほどで、ある時などは詩を作って主人を驚かした事もあるそうだ。こんな豪傑がすでに一世紀も前に出現しているなら、吾輩のような碌でなしはとうに御暇を頂戴して無何有郷(むかうのきょう)に帰臥(きが)してもいいはずであった。

主人は早晩胃病で死ぬ。金田のじいさんは慾でもう死んでいる。秋の木の葉は大概落ち尽した。死ぬのが万物の定業（じょうごう）で、生きていてもあんまり役に立たないなら、早く死ぬだけが賢こいかも知れない。諸先生の説に従えば人間の運命は自殺に帰するそうだ。油断をすると猫もそんな窮屈な世に生れなくてはならなくなる。恐るべき事だ。何だか気がくさくさして来た。三平君のビールでも飲んでちと景気をつけてやろう。

勝手へ廻る。秋風にがたつく戸が細目にあいてる間から吹き込んだと見えてランプはいつの間にか消えているが、月夜と思われて窓から影がさす。コップが盆の上に三つ並んで、その二つに茶色の水が半分ほどたまっている。硝子の中のものは湯でも冷たい気がする。まして夜寒の月影に照らされて、静かに火消壺とならんでいるこの液体の事だから、唇をつけぬ先からすでに寒くて飲みたくもない。しかしものは試しだ。三平などはあれを飲んでから、真赤になって、熱苦しい息遣いをした。猫だって飲めば陽気にならん事もあるまい。どうせいつ死ぬか知れぬ命だ。何でも命のあるうちにしておく事だ。死んでからああ残念だと墓場の影から悔やんでもおっつかない。思い切って飲んで見ろと、勢よく舌を入れてぴちゃぴちゃやって見ると驚いた。何だか舌の先を針でさされたようにぴりりとした。人間は何の酔興でこんな腐ったものを飲むのかわからないが、猫にはとても飲み切れない。どうしても猫とビールは性が合わない。これは大変だと一度は出した舌を引込めて見たが、また考え直した。人間は口癖のように良薬口に苦しと言って風邪などをひくと、顔をしかめて変なものを飲む。飲むから癒るのか、癒るのに飲むのか、今まで疑問であったがちょうどいい幸だ。この問題をビールで解決してやろう。飲んで腹の中までにがくなったらそれまでの事、もし三平のように前後を忘れるほど愉快になれば空前の儲け者で、近所の猫へ教えてやってもいい。まあどうなるか、運を天に任せて、やっつけると決心して再び舌を出した。眼をあいていると飲みにくいから、しっかり眠って、またぴちゃぴちゃ始めた。

吾輩は我慢に我慢を重ねて、ようやく一杯のビールを飲み干した時、妙な現象が起った。始めは舌がぴりぴりして、口中が外部から圧迫されるように苦しかったのが、飲むに従ってようやく楽になって、一杯目を片付ける時分には別段骨も折れなくなった。もう大丈夫と二杯目は難なくやっつけた。ついでに盆の上にこぼれたのも拭うがごとく腹内に収めた。

それからしばらくの間は自分で自分の動静を伺うため、じっとすくんでいた。次第にからだが暖かになる。眼のふちがぽうっとする。耳がほてる。歌がうたいたくなる。猫じゃ猫じゃが踊りたくなる。主人も迷亭も独仙も糞を食えと云う気になる。金田のじいさんを引掻いてやりたくなる。

妻君の鼻を食い欠きたくなる。いろいろになる。最後にふらふらと立ちたくなる。起ったらよたよたあるきたくなる。こいつは面白いとそとへ出たくなる。出ると御月様今晩はと挨拶したくなる。どうも愉快だ。

陶然とはこんな事を云うのだろうと思いながら、あてもなく、そこかしこと散歩するような、しないような心持でしまりのない足をいい加減に運ばせてゆくと、何だかしきりに眠い。寝ているのだか、あるいてるのだか判然しない。眼はあけるつもりだが重い事夥しい。こうなればそれまでだ。海だろうが、山だろうが驚ろかないんだと、前足をぐにゃりと前へ出したと思う途端ぼちゃんと音がして、はっと云ううち、――やられた。どうやられたのか考える間がない。ただやられたなと気がつくか、つかないのにあとは滅茶苦茶になってしまった。

我に帰ったときは水の上に浮いている。苦しいから爪でもって矢鱈に掻いたが、掻けるものは水ばかりで、掻くとすぐもぐってしまう。仕方がないから後足で飛び上っておいて、前足で掻いたら、がりりと音がしてわずかに手応があった。ようやく頭だけ浮くからどこだろうと見廻わすと、吾輩は大きな甕の中に落ちている。この甕は夏まで水葵と称する水草が茂っていたがその後烏の勘公が来て葵を食い尽した上に行水を使う。行水を使えば水が減る。減れば来なくなる。近来は大分減って鳥が見えないなと先刻思ったが、吾輩自身が鳥の代りにこんな所で行水を使おうなどとは思いも寄らなかった。

水から縁までは四寸余もある。足をのばしても届かない。飛び上っても出られない。呑気にしていれば沈むばかりだ。もがけばがりがりと甕に爪があたるのみで、あたった時は、少し浮く気味だが、すべればたちまちぐっともぐる。もぐれば苦しいから、すぐがりがりをやる。そのうちからだが疲れてくる。気は焦るが、足はさほど利かなくなる。ついにはもぐるために甕を掻くのか、掻くためにもぐるのか、自分でも分りにくくなった。

その時苦しいながら、こう考えた。こんな呵責に逢うのはつまり甕から上へあがりたいばかりの願である。あがりたいのは山々であるが上がれないのは知れ切っている。吾輩の足は三寸に足らぬ。よし水の面にからだが浮いて、浮いた所から思う存分前足をのばしたって五寸にあまる甕の縁に爪のかかりようがない。甕のふちに爪のかかりようがなければいくらも掻いても、あせっても、百年の間身を粉にしても出られっこない。出られないと分り切っているものを出ようとするのは無理だ。無理を通そうとするから苦しいのだ。つまらない。自ら求めて苦しんで、自ら好んで拷問に罹っているのは馬鹿気ている。

「もうよそう。勝手にするがいい。がりがりはこれぎりご免蒙るよ」と、前足も、後足も、頭も尾も自然の力に任せて抵抗しない事にした。

　次第に楽になってくる。苦しいのだかありがたいのだか見当がつかない。水の中にいるのだか、座敷の上にいるのだか、判然しない。どこにどうしていても差支えはない。ただ楽である。否楽そのものすらも感じ得ない。日月を切り落し、天地を粉韲（ふんせい）して不可思議の太平に入る。吾輩は死ぬ。死んでこの太平を得る。太平は死ななければ得られぬ。南無阿弥陀仏南無阿弥陀仏。ありがたいありがたい。

底本と表記について

本書は、青空文庫の「吾輩は猫である」を底本とした。表記については、現代仮名遣いを基調としている。ルビについては、小型活字を避けるという、本書の性格上、できるだけ省略し、必要に応じて、（）に入れる形で表示した。

シルバー文庫発刊の辞

21世紀になって、科学はさらに発展を遂げた。日本も、多くのノーベル賞受賞者を輩出していることに見られるように、20世紀来、この発展に大きく寄与してきた。科学の継承発展のために、理系教育に重点が置かれつつある趨勢も、この状況に因るものである。

一方で、文学は停滞しているように思われる。

日本のノーベル文学賞受賞者は、川端康成と大江健三郎の二人の小説家のみであり、詩歌人にいたっては皆無である。しかし、短く設定しても千五百年に及ぶ、日本の文学の歴史は豊饒であり、明治文学だけでも、夏目漱石・森鷗外・与謝野晶子・石川啄木と、個性と普遍性を兼ね備えた、作家・詩歌人は枚挙にいとまがない。

ぺんで舎は、科学と同じように、文学もまた継承発展すべきものと考える。先に挙げた文学者たちの作品をはじめ、今後も読まれるべき文学、あるいはこれから読まれるべき文学を、新しい形で、世に送っていく。その第一弾として、大活字・軽量で親しみやすく、かつ上質な文学シリーズである、シルバー文庫をここに発刊する。

もし現代文学が、停滞どころか巷間囁かれているように衰退しているなら、ぺんで舎が志向するのは、「文学の復権」に他ならない。

ぺんで舎　佐々木　龍

ぺんで舎
Silver
シルバー文庫

シルバー文庫　な1-7
大活字本　吾輩は猫である　5

2021年12月25日　初版第1刷発行

著　者　夏目 漱石
発行者　佐々木 龍
発行所　ぺんで舎
〒750-0078 山口県下関市彦島杉田町1-7-13
TEL/FAX 083-237-9171
印　刷　株式会社吉村印刷
装　幀　Shiealdion

落丁・乱丁本は小社宛へお送りください。送料は小社負担にてお取替え致します。

価格はカバーに表示してあります。
Printed in Japan
ISBN978-4-9911711-9-2　C0193